Firlefanz & Co.

Kurzgeschichten

Eberhard Traum
86179 Augsburg

Eberhard Traum

Firlefanz & Co.

„Da zieht es einem die Schuhe aus"

Titelbild und Fotos im Innenteil:
Eberhard Traum

Bibliographische Information
der Deutschen Bibliothek

Die Deutsche Bibliothek verzeichnet diese Publikation
in der Deutschen Nationalbibliografie,
detaillierte bibliografische Daten
sind im Internet über http://dnb.ddb.de abrufbar.

ISBN
9783753482958

Herstellung und Verlag
BoD - Books on Demand, Norderstedt

Den Dank, dass ich die folgenden Geschichten aufschreiben konnte, möchte ich den Menschen zukommen lassen, mit denen ich Kontakt hatte oder die sich unbewusst an mir vorbeigemogelt haben.
Manchmal wurde ich, an einigen Stationen des Lebens, Zeuge ihrer kleinen „Katastrophen" und habe sie aufnotiert.
Genau betrachtet, sind es Ereignisse aus dem Leben, die man gelegentlich einem Begriff wie Firlefanz, Mumpitz und natürlich Pillepalle, zuordnen kann.

Es war nicht zu vermeiden, dass sich einige Personen in der einen oder anderen Geschichte wieder erkennen, wie mein Freund „Russki".
Allen, die sich angesprochen fühlen, widme ich, mit großer Freude und diebischem Vergnügen, die folgenden Geschichten.

Der Autor

Es gibt so viele Zeitgenossen, denen der Mensch in seinem Leben begegnet. Und alle sind sie für sich einmalig, und so gemein wie liebenswert.

Kapitel – Übersicht

GEDANKEN EINES PENDLERS
Alles wiederholt sich ..., fast jeden Tag

Erlebnisse, die alltäglich eine Neuauflage haben, und mit ihren vielen unterschiedlichen Themen meist nicht mal auffallen, weil der Mensch gerade abschaltet oder im Übergang zwischen Aufstehen und Arbeitsbeginn noch nicht aufnahmefähig ist.
Darunter sind Themen, die allgemein mit dem Reisen zu tun haben, dem Zugfahren im Besonderen. Aber manchmal gibt es Ausnahmen – zum Beispiel zwischen Fulda und Frankfurt.

Fahren mit der Bahn ist erholsam, manchmal unterhaltsam, zuweilen aber auch ermüdend. Wie denn das, wird der Eine oder Andere fragen? Weil immer weniger passiert, rein gefühlsmäßig. Alles wird zur Gewohnheit.

Wenn ich jeden Tag die gleiche Strecke fahre, geht der Reiz verloren, den ich noch bei der ersten Fahrt empfunden habe. Die Zeitung liest sich schneller, weil ich nicht mehr aus dem Fenster schaue. Ich habe das Gefühl, jeden Baum, jeden Stein und jede Mauer zu kennen.

Da ist es schon sensationell, wenn plötzlich an der Strecke Baukräne auftauchen und sich eine Baustelle ankündigt. Das ist in der ersten Zeit spannend, da sich jeden Tag etwas verändert, man gerne den Fortschritt miterleben möchte und auf das Ergebnis gespannt ist.

Die Enttäuschung nach zwei Wochen zeichnet sich schon recht früh ab, denn es wird wieder nur eines von den kleinen Häuschen, die schon zu hunderten an der Strecke stehen.

So eine Art Kaninchen-Einfamilienbau. Enge und sparsame Ausführung. Wieder kein Großprojekt mit architektonischen Sensationen.

Und ganz verrückt ist es, wenn eines Tages urplötzlich Gardinen an den Fenstern hängen und schon Leute drin wohnen.

Da hat man mal zwei Tage nicht hingesehen, hat eine rührige Hausfrau das Aussehen verändert.

Dafür sehe ich manche Leute jeden Tag zur gleichen Zeit an der gleichen Stelle. Ich nehme sogar immer den gleichen Waggon und muss aufpassen, dass ich mich nicht im vorderen Drittel des Abteils, das ich ebenfalls immer zielgerichtet ansteuere, auf den falschen Platz setze.

Das erzeugt zumindest warnende Blicke und wird beim ersten Mal noch entschuldigt und geduldet, aber am nächsten Tag kassiert man eine dumme Bemerkung, denn der freie Platz wird vom Nachbarn, der dort immer als Nachbar sitzt, als besetzt deklariert. Das sind alles Gründe für eine gewisse Ermüdung.

Einmal hörte ich einen Sitznachbarn, händeringend nach einem Gesprächsthema suchend, zu seinem Bekannten oder Freund sagen: Wieso mäht denn der Bauer schon so früh die Wiese? Das Gras steht doch noch gar nicht hoch genug!

Der Angesprochene, unkundig in Viehzucht und Ackerbau, zuckte nur still mit den Schultern. Meinst du das steht um zehn Uhr höher? Mit früh meinte ich nicht die Uhrzeit, Olmel!

Ein Bahnhof bedeutete das Ende der Konversation, einer der beiden musste nämlich aussteigen.

„Wir könnten ja mal ein Bierchen trinken!"
„Gute Idee, bis heute Abend - tschüss!"
Ich glaube, die kennen sich nicht mal mit Namen.

Oft bemerkt man nicht einmal mehr, dass es die ganze Fahrt über regnet.

Das gleichmäßige Dahinrollen wirkt wie einschläfernd und viele setzen das fort, was sie eine Stunde vorher jäh unterbrechen mussten. Sie schlafen weiter. Den Kopf nach vorn geneigt und die Hände zum Gebet gefaltet, schnarchen einige sogar.
In manchen Fällen erinnern die Geräusche an die vergeblichen Versuche, einen Außenbordmotor mit 2,4 PS in Gang zu setzen.

Dann kommt vor dem Zielbahnhof, bei einigen von den Schläfern – die innere Uhr funktioniert - so etwas wie Panik auf, da sie beim Öffnen der Augen lange senkrechte Wasseradern an den Fenstern erblicken.
„Ausgerechnet heute habe ich den Schirm nicht dabei und die helle Hose an – und einen ganz wichtigen Termin", sagte einer verzweifelt. Wie ich feststellte, befand ich mich in guter Gesellschaft. Das tröstet.

Daneben gibt es wieder Reisende, die halten es nicht aus, bis sie endlich im Büro sind und beginnen bereits im Zug, mit dem Laptop auf den Oberschenkeln, den Geschäftspartner zu drangsalieren. Ich will nicht ungerecht sein, aber zu 95% ist die Arbeitswut nicht notwendig und in den 45 Minuten Bahnfahrt auch nicht zu bewältigen. Aber man ist ja so ungeheuer wichtig.

Als wenn das noch nicht genug wäre, schrillt auch noch ständig das Handy. Es wird dann so laut telefoniert, dass man mithören <u>muss</u>.
Erholsam, wenn es sich um Arabisch, Türkisch, Russisch oder einen afrikanischen Dialekt handelt. Das ersetzt fast Musik.
Die ungeheure Vielfalt der Klingeltöne ist eine ganz andere Qual, die man zu erleiden hat. Verzweiflung entsteht auch zuweilen bei einem der Dialekte aus dem Umland - .... dann „schickt's" aber!

Die Polka oder ein Heavy-Metal Getöse, der Warnruf eines gereizten Dickhäuters oder das Quaken eines Ochsenfrosches, alles Töne, die man in einem Zug, vor allem so früh am Morgen, nicht unbedingt braucht.

Wenn dann der Sitznachbar, beim Ton des Ochsenfroschs, einen irritiert anblickt, lächelt man gequält, wie ertappt, und zuckt mit den Schultern. Allerdings bringt die stille Konversation nichts.
Manchmal habe auch ich schon versucht, auf der Strecke ein bisschen Schlaf nachzuholen. Ich beneide immer die, die das problemlos schaffen. Aber wenn der böse Nachbar es nicht will ...
Mein Gegenüber musste unbedingt seine gestern gemachten Erfahrungen in einem Baumarkt loswerden. Sein Gegenüber, mein Nachbar links von mir, war so interessiert, dass er manchmal an den falschen Stellen mit unpassenden Bemerkungen aufhorchen ließ, womit er signalisierte, dass er zuhört und voll im Thema steht.
Aber der Erzähler merkte es gar nicht und ließ sich durch Zwischenbemerkungen auch nicht aus dem Konzept bringen.
Es war alles so ungeheuer interessant, wie wenn Farbe trocknet. Mein Sitznachbar hatte wenigstens den Schluss mitbekommen und abschließend gelacht.
Erschöpft und zufrieden legte sich der Erzähler nach hinten in seinen Sitz.
Ich habe nur nicht verstanden, warum gelacht wurde, denn der Kassierer im Baumarkt hatte zu viel berechnet, und der Kunde bemerkte es erst Zuhause. Er musste mit dem Kassenzettel noch mal zum Baumarkt, um sein Geld zu holen.
Aber meine beiden Abteilnachbarn gaben sich zu verstehen, dass es hochinteressant war. Wie schön für sie.

Mein Schlafbedürfnis war da ein anderes Kaliber - subjektiv betrachtet. Aber wen interessierte das?

Aber heute, ja heute war es sehr abwechslungsreich. In Wächtersbach stieg eine Schulklasse ein, um in den Zoo nach Frankfurt zu fahren. Einige der etwa achtjährigen protzten mit Kenntnissen der Tierwelt, dass einem Hören und Sehen verging. Was wollten die noch im Zoo?
Da wurden Eisbären an den Südpol verfrachtet und Wüstenfüchse als Haustiere gehalten, denn ein Bekannter der Eltern hatte so einen aus dem Urlaub mitgebracht. Eine große „Boa Constructa" wird fast 30 Meter lang. Die kann Zebras fressen.

Mir rauschten die Ohren, aber es war höchst amüsant und die Hoffnung auf eine kurzweilige Fahrt nicht unbegründet.

Die kurze und lapidare Bemerkung einer kleinen Mitschülerin jedoch: Ich habe Angst vor den großen Trab..., Traran..., Tra..., Tran...- Spinnen, brachte die Gesellschaft zum Schweigen.
Die Lehrerin nahm die Situation zum Anlass, und stellte die Frage: Wie viel Beine hat denn so eine Spinne?
Ein Steppke, schräg gegenüber von mir, meinte, dass es doch egal wäre, ob die zwei oder hundert Beine hat, die Elke bekäme doch sowieso Angst vor der Tarantella! Und nun wussten wir auch alle, wie dieses Ungeheuer heißt. Die Lehrerin etwa auch?

Beim Halt in Gelnhausen wurden die ersten Brote ausgepackt und eine Schmatzorgie von seltener Gleichmäßigkeit verwöhnte meinen Gehörgang.

Kekse und Chips knackten um die Wette, und die Kakaotüte wurde laut schlürfend mit dem Strohhalm geleert.

Man kommt ins Grübeln und wünscht sich, dass zur Abwechslung mal eine hübsche Frau im Zugabteil den Nebenplatz besetzt, so in Berührungsnähe, und dass sie den gleichen Weg hat oder beim Umsteigen das gleiche Verkehrsmittel benutzt.
Nur um in ihrer Nähe noch ein bisschen zu träumen.
Der Tag hätte gleich einen ganz anderen Beginn. Aber so eine Sensation passiert sowieso nur denen, die damit nichts anfangen können.
Nämlich den Schläfern, Lesern der interessanten Headlines der Tageszeitung und ganz alten Herrschaften, jenseits von Gut und Böse.
Oder den weniger attraktiven Frauen, die dann ihre Geschlechtsgenossinnen mustern, als ob sie den Schönen eine Beurteilung ausstellen müssten.
An den mitleidigen Blicken und neidischem Verdrehen der Augen kann man herauslesen: Pah, was ist eigentlich das Besondere an der?
Wenn Verachtung eine reale Waffe wäre, würden die Schönen reihenweise umkippen.

Nein, einem selbst kommt so eine Sensation auf langen Beinen, mit kastanienbraunen Augen, Löwenmähne und einem Lächeln, das Eisberge zum Schmelzen bringt, und zum Ankurbeln der Lebensgeister beiträgt, nicht unter die Augen.

Nichts ist's, mit der Nase den feinen und betörenden Duft zu atmen und sich dabei zu wünschen, tausend Nasen zu haben, und keine davon verstopft.
Wie man schon erahnen kann, sind das nur die bescheidenen Gedanken eines Pendlers.

DIE UNGELIEBTE ALTERNATIVE
Erfahrungen wider Willen

Für die nächsten drei Tage hatte ich, in weiser Voraussicht, alle Termine abgesagt oder verlegt. Mich fesselte das jährlich wiederkehrende Vergnügen, mein Auto von der Inspektion abzuholen. Ohne dieses Wunderwerk der Technik sind alle Unternehmungen zum Scheitern verurteilt, wenn man in einer etwas abgelegenen ländlichen Umgebung wohnt.

Bereits zu Beginn dieses autolosen Tages hatte meine Tochter eine Überraschung für mich parat. Unterstützt wurde das von meiner Frau, die ganz vergessen hatte, mir die Tatsache rechtzeitig mitzuteilen.

Zuerst war ich schon etwas genervt, als ich hörte, dass für meine Tochter morgens um acht Uhr ein Termin beim Zahnarzt vereinbart wurde, und ich sie bitte begleiten sollte. Dabei hatte ich meinen Tag ohne Auto eigentlich anders eingeteilt. Einmal etwas ausschlafen war mein Wunsch.

Da ein Besuch beim Zahnarzt, wegen Überlastung dieser Berufsgruppe, nur in einem großen Zeitraum von mehreren Wochen zu bekommen war, musste sogar ein schulfreier Tag eingeplant werden.

Meiner Tochter war es recht. Mit zwölf Jahren freut man sich über eine solche Abwechslung noch.

Da ein Mann ja flexibel ist, hatte ich schnell umdisponiert und wollte die Zeit nutzen, um kleine Besorgungen fürs zu Büro machen. Außerdem öffnete die Autowerkstatt erst um 8.30 Uhr.

Die Zahnarztpraxis liegt in der 18 Kilometer entfernten Kleinstadt. Keine Entfernung, aber ohne Auto musste man da erst einmal hinkommen.

Unser kleines Dorf liegt etwa neun Kilometer vom nächsten Bahnhof entfernt. Der Bus dorthin fährt einmal am Vormittag und einmal am Nachmittag. Hin wie auch zurück.

Ungewohnt an diesem besagten Morgen war nur die Zeit. Den Bus in unserem Dorf mussten wir um sieben Uhr besteigen. Für meine Tochter alltäglich, es war ihr Schulbus. Es regnete, ausgerechnet an diesem Tag.

Der Zug war ein RE, wie ich am Fahrkartenschalter lernte. Meine letzte Bahnbenutzung liegt bereits mehrere Jahre, mindestens zwanzig, zurück.

Um es noch einmal zu betonen, das Kürzel RE steht für Regionalexpress, wobei die Bezeichnung Regional zu 100 % zutrifft. Express müsste man neu definieren, aber die treffende Bezeichnung „verspäteter Bummler" ersetzt es trefflich.

Der Fahrschein für mich kostete 4,20 Euro. Meine Tochter hatte ihre Schülermonatskarte. Im überfüllten Bus tummelten sich Schüler aus mehreren Ortsteilen.

Und da gab es eine Menge Neuigkeiten und viel zu erzählen. Dementsprechend war der Geräuschpegel. Aber für die paar Minuten sollte das zu überstehen sein.

Ärgerlich war, besonders für einige der Schüler, dass der Zug gerade den Bahnsteig verließ, als wir zusteigen wollten.

Da gerieten wohl etliche Termine durcheinander. Da dies aber nicht zu ändern war, blieben alle cool und die kleinen Stöpsel des IPad wurden in die Ohren gesteckt.

Bis zu unserem Arzttermin war aber noch Zeit.

Das konnten wir ohne Probleme schaffen. Eine halbe Stunde Wartezeit sorgte dafür, dass wir die unerwartet schmucklose Bahnhofshalle genießen konnten.

Wir vertrieben uns die Zeit mit dem Studieren der Plakate. Auf ihnen pries die Bahn ihre vielfältigen Angebote.

Wochenenden im Allgäu für die Familie, Radtouren im Münsterland, eine Woche Sylt, Seniorenfahrten nach Paris ... und vieles mehr.

„Das wäre doch was für euch. Mama würde so gern mal nach Paris fahren!"

„Ich auch, aber das dürfen wir erst wenn wir Senioren sind. Das kannst du doch lesen, oder?"

Meine Tochter machte ein Gesicht, als ob sie jetzt angestrengt überlegte, ab wann die Bezeichnung Senior gilt.

Ich fühlte mich noch lange nicht dazugehörig. Ich war erst 45.

„Na ja, bis ihr 70 seid, ist ja noch Zeit!"

Ich freute mich, dass sie mich bis dahin noch als jüngeren Vater betrachtete, vor allem, dass sie schon daran dachte, mich noch recht lange zu ertragen.

Die Angebote waren eine reichhaltige Palette von Möglichkeiten, und es las sich ganz toll. Man bekam richtig Lust aufs Reisen.

„Papa, meine Klassenkameradin Judith ist mit ihren Eltern in den Osterferien mit dem Fahrrad durchs Münsterland gefahren!"

„Hat es ihnen denn gefallen?"

„Die Radtour schon. Es war auch alles gut organisiert."

„Aber?"

„Als sie wieder Zuhause waren, hatten sie keine Fahrräder mehr. Erst drei Wochen später, mit einer irren Lauferei und viel Papierkrieg."

„Das macht aber nicht gerade einen guten Eindruck auf die Bahn. Das macht ja im Nachhinein noch Kopfschmerzen."

„Und Judiths Hinterrad hatte sogar noch einen Plattfuß!"

„Das ist ja wohl der Gipfel."

Die halbe Stunde ging schnell vorbei. Zum Bahnsteig mussten wir unter den Gleisen durch einen Tunnel, und da ist mir die Lust am Reisen ziemlich vergangen. Die Treppenanlage war mit Prospekten vom nahe gelegenen Supermarkt bepflastert.

Leere Getränkedosen lagen kreuz und quer herum. Die Pappboxen eines bekannten Fast-Food-Restaurants lagen auf Stufe fünf von oben. Garniert mit rot gefärbten Pommes.

Erstaunt und wortlos registrierte ich, dass meine Tochter durch und über den ganzen Unrat stapfte, so als ob er gar nicht vorhanden wäre. Dass ihr ein Blatt eines Prospektes, ab Stufe acht von oben, am Absatz hängen blieb, mit einer unbekannten Klebehilfe, hatte sie gar nicht bemerkt.

Ich tappte hinter ihr drauf und befreite sie davon. Im Tunnel hätte ich am liebsten meine Nase mit einer Klammer verschlossen.

Mit einem langen Satz konnte ich gerade noch über die stehenden Pfützen von Urin springen, die recht frisch aussahen. Nur die Ränder waren, gut sichtbar, etwas angetrocknet.

Ein anderer hatte, vor der Treppe nach oben zum Bahnsteig 3, sein Unwohlsein für jedermann sichtbar hinterlassen.

Was er gegessen haben könnte, möchte ich nicht weiter beschreiben.

Wie dem auch sei, ich bin angewidert hinter meiner Tochter hergegangen, die das alles mit einer stoischen Ruhe hingenommen oder gar übersehen hatte.

Ich wollte sie das jetzt nicht fragen. Ich dachte an den Zahnarzt und die Verbindung zu dem sterilen medizinischen Vorhaben als nicht angemessen, um darüber zu reden.

Im Zug fanden wir mit einiger Mühe einen Platz, der uns sauber genug erschien.

Ich blickte auf die Innenwände im Abteil und dachte an moderne Malerei. Aber die Schmierereien waren erkennbar nicht das Werk von Künstlern.

Kleine Hakenkreuze und fremdenfeindliche Parolen konnten nur das Werk von Hohlköpfen sein. Warum musste dieser moderne Zug so ein Image bekommen? Ich war entsetzt und schaute wortlos auf die vorbeirasende Landschaft.

Derweil blieb mein Ellenbogen an der Sitzlehne kleben. Ein Kaugummi erschwerte mir die Trennung vom Zuginventar. Mir hob es das Frühstück nach oben.

Wie das Leben so ist, stellt man sich in solchen Momenten den passenden Menschen dazu vor.

Mich schauerte es und ich spürte, wie die Spucke des noch feuchten Kaugummis meinen Ärmel durchnässte. Der Mensch mir gegenüber konnte vielleicht nichts dafür, aber er blickte so wissend.

Das machte ihn verdächtig. In der ersten Klasse würde so etwas sicher nicht passieren.

Bevor ich mich da in etwas hineinsteigerte, schloss ich meine Augen und wollte damit alles auslöschen, neue Gedanken fassen. Als ich meine Tochter wenig später ansah, bemerkte ich, dass sie auch einen Kaugummi im Mund hin und her bewegte.

„Astrid, was machst du eigentlich mit dem Kaugummi, wenn du ihn nicht mehr magst?"

„Warum fragst du?"

Gerne hätte ich geantwortet und eine Diskussion begonnen. Aber das verschob ich lieber auf einen anderen Zeitpunkt. Sie wartete eine Antwort von mir auch erst gar nicht ab.

„Papa, ist dir nicht gut?"

„Es geht schon! Ich weiß jetzt aber, weshalb ich schon jahrelang keine öffentlichen Verkehrsmittel mehr benutzte."

„Papa, wir sind da!"

Dann packte sie ihren Kaugummi in das Silberpapier, in dem er vorher drin war und warf ihn in den Müll!

Ich freute mich darüber, dass es für Astrid selbstverständlich war, den Kaugummi nicht irgendwo zu entsorgen.

Wie konnte sie eigentlich den Kaugummi mit der Zahnspange ..., oder hatte sie ihn nur gelutscht? Ich wollte das nicht unbedingt zum Thema machen, und wie auf Bestellung fiel mir ein Artikel ins Auge, der sich mit der Situation der Bahn beschäftigte.

Man dachte daran, das Angebot der Bahn noch attraktiver zu gestalten. Aber leider müsse man die Preise anheben. Ein Fahrgast sollte wissen, nur höhere Preise garantieren auch menschenwürdige und saubere Verhältnisse.

Man sollte lieber darüber nachdenken, wie man die Menschen, die gezwungenermaßen die Bahn benutzen, in die Überlegungen mit einbezieht.

Muss die Attraktivität denn unbedingt mit einer zusätzlichen Verbindung, vielleicht einmal im Monat nach Belgrad, erreicht werden?

Sollte man nicht lieber das Umfeld attraktiver gestalten? Sollte nicht viel mehr an den Service gedacht werden?

Ich hatte darüber inzwischen eine eigene Meinung und leider keinen Partner zur Diskussion zur Verfügung.

Und da mir mein Auto wieder zur Verfügung steht, wird auch mein Interesse sicher an der Sache erlahmen. Ich ertappte mich, dass auch ich nicht ganz frei bin von der Mentalität: Was-geht-es-mich-an?

Anscheinend denken die Verantwortlichen der Bahn über die Kunden ähnlich. Aber warum sollte ich mich eigentlich als gemeiner Bahnkunde mit solchen Fragen beschäftigen? Ungewollt tue ich es trotzdem.

Thema durch dachte ich und freute mich, dass ich in wenigen Augenblicken meinen fahrbaren Untersatz wieder in Empfang nehmen konnte.

Der Blick meines Meisters verhieß nichts Gutes, denn ich musste am nächsten Tag noch einmal wiederkommen. Ein Teil des Motors, wichtig wie alle Teile dieses komfortablen Gefährts, wurde nicht rechtzeitig geliefert. Zudem hatte man vergessen, mich zu informieren.

Da entstand bei mir der Ärger über einen anderen Bereich der Mobilität und der so famosen Technik.

Da die Behandlung beim Zahnarzt etwas länger dauern würde, Astrid sollte die feste Zahnspange entfernt werden, ging ich in die Ladenpassage und setzte mich mit der Tageszeitung in ein Café. Astrid versprach, mich dort abzuholen.

Meinen Kaffee hatte ich zwischenzeitlich ausgetrunken, dazu ein trockenes Hörnchen verspeist.

Plötzlich erschien auch schon meine Tochter in der Tür zum Café. Mit strahlend weißen und wunderschön geraden Zähnen hüpfte sie auf mich zu.

Die fehlende Zahnspange und die gerichteten Zähne machten Astrid noch hübscher, was ich nicht verbergen wollte und ihr auch sagte. Stolz über dieses Kompliment, zeigte sie breit strahlend die ganze Pracht.

Wir begaben uns sofort auf den Heimweg, denn die Mama sollte es auch so schnell wie möglich sehen, diese positive Veränderung, auf die fast ein Jahr hingearbeitet worden war.

Dem Zahnarzt sei Dank. Eine Werbung für ihn und seinen Berufszweig. Die anderen, die ich gar nicht so besonders mochte und auch nicht in diese Kategorie einordnete, profitierten nun von der grandiosen Leistung dieses Kollegen.

Ich konnte Astrid gut verstehen, dass sie so strahlte, denn ein Drahtgestell im Mund ist für einen Teenie auch nicht gerade die Erfüllung.

Die Entscheidung, was kann ich essen, was besser nicht, ist ab sofort nicht mehr das alles beherrschende Thema. Da war es schon manchmal eine große Plage, mit Käse überbackene Zucchini zu essen. Ich freute mich für meine Tochter.

Die Rückfahrt mit dem Zug hat meine Erlebnisse von vorher nicht vergessen lassen. Es offenbarten sich noch weitere Dinge, die die Vorteile einer Fahrt mit dem Auto in den Vordergrund rückten.

Auch bei der Rücktour war ich mit 4,20 Euro dabei.

Dabei ging es mir gar nicht um das Geld, aber was man mir dafür geboten hatte, bis jetzt, da stimmte das Preis-/Leistungsverhältnis nicht so ganz.

Ich dachte dabei an die, die auf die öffentlichen Verkehrsmittel angewiesen sind.

Erträglich wohl nur, wenn man Monatskarten hat, was das Finanzielle betrifft. Als ich die Fahrkarte löste, zischte eine Hand an mir vorbei und warf einen Zehneuroschein in den Drehteller. Ich war bereits Vergangenheit.

„Eine einfache Fahrt – mein Zug fährt gleich ein!"

„Den bekommen sie nicht mehr, der fuhr heute auf Gleis 5 ein, und er ist auch schon fast wieder weg."

Dabei schaute der Schalterbeamte seitlich durch sein großes Schalterfenster und sah sich bestätigt. Seelenruhig blätterte der Beamte im Tarifbuch.

„Der nächste geht in 40 Minuten!"

Dann zückte er die Karte aus dem Drucker. Der Kunde nahm wortlos das Wechselgeld und die Fahrkarte aus dem Drehteller. Statt Danke sagte er „Scheiße" und trabte davon.

Wenn man das Ticket für das zweifelhafte Vergnügen „Regionalexpress" bezahlt, fängt man an zu rechnen.
Mit dem Geld für Hin- und Rückfahrt hätte ich fast fünf Liter Benzin bekommen, womit ich die Strecke zum Arzt zweimal hätte fahren können.

Da der Bus vom Bahnhof in unseren Heimatort gerade weg war, konnten wir eine weitere Stunde am Wasserhäuschen zubringen.
Das Wetter lud nicht gerade dazu ein. Auch die Plakate hatten ihre Faszination verloren. Die Gewissheit, dieses „Abenteuer" der ungeliebten Alternative bald überstanden zu haben, ließ mich den Zorn und die Unzufriedenheit, Ekel und Abscheu vergessen.
„Papa! Schau dir das mal an, mein Rock! Ich muss mich irgendwo in Ketchup gesetzt haben. Mist! Du wärst wohl auch lieber mit dem Auto gefahren?"
Da war er dann doch wieder -- der Zorn.

„Einmal Vadder un Sohn, einfach !"
„Wolle se net mehr zurück ?"
„Fährt der uff dem eine Gleis aach in die anner Richtung ?"

AUF LEISEN SOHLEN
Dialog zweier Ausgestoßener

Was heißt denn auf leisen Sohlen? Da gibt es Schuhe, die können ganz schön vom „Leder" ziehen.
Es ist die Geschichte zweier Außenseiter, die auf einem alten Bahnhof, in einer Ecke liegend, unter eine Bank geworfen, ihre Kollegen beobachteten.

Es waren der Holzschuh „KLOCK", wie die in Holland üblichen Klompen, und „FIT", der Schuh eines Skilangläufers. Beide wurden ausgemustert und fragwürdig entsorgt. Ihre Besitzer ließen sie einfach achtlos zurück.
Beide hatten mit dem Leben abgeschlossen und erwarteten geduldig die Müllhalde, auf der man langsam verrottet oder in eine Verbrennungsanlage gerät, wo es wesentlich schneller geht.
An diesem alten Bahnhof, der schon bessere Zeiten erlebte, kamen die zwei Außenseiter in Kontakt.
Morgens – die Bahnhofsuhr zeigte 7:16 Uhr!

„Sag' mal, wir stehen jetzt schon mehrere Stunden nebeneinander und du redest keinen Ton! Kannst du nicht oder willst du nicht?"
„Du stinkst", sagte der Langlaufschuh genervt.
„Das war deutlich, danke!"
„Was willst du von mir – etwa ein Gespräch aufzwingen?", fragte der Langlaufschuh.
„Wie heißt du eigentlich?"
„FIT – und du?"
„KLOCK!"
„Weil du so abscheulich klack klack klack machst, wenn du in Bewegung bist?"

„Möglich. Ich bin eben aus Holz und war in Diensten bei einer Bäuerin. Und wenn du Scheiße unter dir hast, klappert es nicht mehr so!"

„Deshalb stinkst du auch. Kuhscheiße – igitt!"

„Heißt du FIT, weil du aussiehst wie ein Turnschuh? Obwohl..., ein bisschen außerirdisch siehst du auch aus. Diese komischen Streifen an dir, schmutzig sind sie auch, gefallen mir überhaupt nicht."

„Ich sehe außerirdisch aus? Das macht die besondere Form der Sohle. Ich musste exakt auf den Ski passen. Ich war immer mit ganz berühmten Leuten zusammen, piekfein. Nicht wie du - mit so übel riechenden Landeiern. Die Streifen sind ein Nachweis meiner Herkunft, und die ist alles andere als außerirdisch."

„Ich wollte dich ja nicht kränken. Du warst wohl immer in sauberem Schnee unterwegs? War das nicht langweilig? Und so kalt?"

„Wieso? Dafür war ich gemacht, das war mein Leben. Das war schön. Ich hätte mir nichts anderes vorstellen können."

„Ich weiß nicht, so ganz ohne den warmen Boden eines Ackers oder die frisch gemähte Wiese. Schnee habe ich auch kennen gelernt, aber nicht ganz so sauber.

Es sei denn, man hat mich kurz nach dem Schneefall gebraucht. Das war ganz schön, da muss ich dir Recht geben. Aber pappig war es auch. Dann hat man mich irgendwo dagegen gehauen, damit der Schnee und der Dreck abgefallen sind und ich wieder schön sauber war."

„Sauber? So siehst du aus. Ich wurde sanft gepflegt, eingeölt und poliert. Wie konntest du dich bloß wohl fühlen? Wenn man mich brauchte, war das immer ein Ereignis.

Ich hatte einen ungeheuren Wert", erklärte FIT.

„Und jetzt sind wir beide gleich. Ich habe damit kein Problem, aber du tust mir leid. Die Umstellung hat dich ganz schön verbittert. Du musst deine Vergangenheit abstreifen. Wir leben beide noch immer in Sphären, wo wir nicht mehr hingehören."

„Vielleicht, aber ich kann doch jetzt nicht meine Herkunft leugnen. Ich bleibe immer was ich war. Wie bist du eigentlich hier hergekommen?", fragte FIT, noch immer ziemlich hochnäsig.
„Nicht anders als du. Ausgedient, abgestellt zum Entsorgen. Da kam eines Tages ein anderes, jüngeres Paar Klocks, sogar außen mit Kuhfell belegt. Aber ganz fertig sind wir ja noch nicht, denn es bleibt die Hoffnung, dass da vielleicht noch einer kommt, der uns gebrauchen kann."

„Moment bitte, ich bin eher verwechselt worden. Mich entsorgt man nicht so einfach. Ich werde sicher gleich gefunden und in ein Fundbüro gebracht", antwortete der Langlaufschuh entsetzt.
„Deine Vornehmheit wird dich erdrücken. Du stehst übrigens in einer Pfütze."
„Ach du lieber mein Herr Vater, hab' ich gar nicht gemerkt. Ist da neben dir trocken?"
„Klar, komm her auf die andere Seite, dicht neben mich. Ich rücke auch ein bisschen ab - wegen stinken und so."
„Ich habe gar nicht gemerkt, dass es regnet. Ich passe eigentlich sonst immer auf."
„Mir ist das egal. Ich habe es halt nur gemerkt, weil es unter dir so geglänzt hat."
„Danke, KLOCK!"
Die Unterhaltung wurde einer kleinen Pause unterworfen, da eine Menge Leute an die Haltestelle kamen. Beide fanden es spannend, andere Schuhkollegen zu bestaunen.

Alle waren im Stress und würdigten KLOCK und FIT keines Blickes. Da waren Schuhe in allen Farben und Formen zu sehen, mit und ohne Schnürsenkel. Hohe und flache Schuhe. Stiefel auch, denen man aber ansah, dass sie etwas Besseres waren. Blank geputzt und gut besohlt. Als ein Turnschuh dazwischen stürmte und einem Slipper auf die Spitze trat, konnten sich KLOCK und FIT kaum halten vor Lachen, denn der Slipper schüttelte sich und versuchte den Schmerz hinter dem Bein seines Trägers loszuwerden. Er streifte am Hosenbein auf und ab.

Die Konversation der beiden war ebenfalls sehr amüsant: „Dir reißt wohl der Senkel", sagte der Slipper.
„Riskier nicht so eine lockere Zunge", sagte der Turnschuh provokant.
„Ich habe keine. Ich gehöre zu den Slippern!"

„He FIT, siehst du den Stöckelschuh da drüben?"
„Den roten? Was ist mit dem?"
„Der putzt sich dauernd die Sohlenränder unter der Hose an den schwarzen Socken gegenüber sauber."
„Na und, wenn die sich das gefallen lassen?"
„Hast du auch Füße mit Socken gehabt?", fragte KLOCK.
„Klar doch..., na ja – nicht immer."
„Ich immer..., meistens jedenfalls."
„Na ja, etwas hatten wir dann wohl gemeinsam. Aber eins war doch ein großer Unterschied. Du bist mit Scheiße aufgewachsen", sagte FIT.
„Das ist gemein von dir. Es gab auch andere Zeiten, in denen ich geduscht, gewaschen, getrocknet und eingeölt wurde."
„Schon gut, tut mir ja leid. Aber siehst du den Gummistiefel da drüben? Der gehört wohl auch in deine Fraktion."

„Wie kommst du da drauf?"

„Weil die doch auch in jeder Scheiße stehen müssen. Die sieht man nie mit anderen zusammen, nur immer unter sich, da fühlen die sich wohl. Das ist ein besonderer Club, die reden nicht mit jedem."

„Was regst du dich auf? Du bist auch nicht viel besser. Du suchst dauernd nach Beleidigungen", entgegnete KLOCK.

„Oder die Badelatschen, die kommen gleich danach. Einen Vorteil haben sie ja, sie sind abwaschbar. Die meiste Zeit werden sie in der Hand durch die Gegend getragen und können sich schonen."

„Dafür fliegen sie aber auch kreuz und quer überall rum, manchmal ohne den Partner", sagte KLOCK.

„Stimmt. Ich mag es, säuberlich im Schrank zu stehen. Aber davon hast du ja auch keine Ahnung."

„Dir trocknet wohl das Oberleder aus ", sagte KLOCK etwas beleidigt.

„Ich habe mal einen Stiefel kennen gelernt, der war was ganz Besonderes, er hatte einen Schaft bis zum Knie. Der gehörte zu einer Superfrau", sagte FIT.

„Was war denn daran so besonders?"

„Na, der durfte sogar im Bett am Fuß bleiben."

„Was? Die ganze Nacht?"

„Keine Ahnung. Ich wurde jedenfalls an dem Tag von meinem Besitzer nicht mal sauber gemacht und flog in eine Ecke im Flur.

Die Frau hatte es nämlich ziemlich eilig, sie war wohl sehr müde. Der Rest entzieht sich meiner Kenntnis."

„Dann kennst du ja das Gefühl, nicht so wichtig zu sein", sagte KLOCK erleichtert.

Eine Antwort darauf bekam er nicht. Die Zeit an der Bushaltestelle flog nur so dahin.

KLOCK und FIT hatten ihren Spaß, obwohl sie nicht zimperlich miteinander umgingen.

Allerdings war FIT noch immer ein bisschen hochnäsig. Es nervte KLOCK zwar, aber auf der anderen Seite bewunderte er FIT auch, weil er sich in so feinen Kreisen bewegen durfte und weil er so wichtige Leute kennen lernte.

Da konnte er mit seinen Bauersleuten nicht konkurrieren. Und stinken tat er tatsächlich, das merkte er jetzt selbst. Früher ist ihm das gar nicht so aufgefallen. Schon gut, dass man mal was anderes sieht und von seiner Warte herunter kommt. Es schärft den Blick für Wesentliches, dachte er bei sich.

„KLOCK, jetzt schau dir das an. Diese kleinen roten Dinger da, die spritzen rum und triefen vor Dreck.

Kein Anstand und alles drum herum scheint denen egal. Die überlegen gar nicht, dass andere dabei auch schmutzig werden könnten. Ich glaub', mir passiert was."

„FIT, lass sie doch. Es ist das Recht der Jugend. Die werden auch mal ruhiger. Warst du nie jung? Ach, ich vergaß, du warst ja schon immer erwachsen und hast nur bei ganz feinen Leuten deine Sohlen abgenutzt."

„Was soll das? Natürlich war ich mal jung, aber man muss es ja nicht übertreiben. Außerdem belästigt man andere nicht. Und immer im Dreck - man sieht an dir, was daraus geworden ist.

Wir sind zwar beide alt, aber im Gegensatz zu dir, bin ich immer noch attraktiv", meinte FIT im Stile eines Angebers.

KLOCKS Bewunderung für FIT drohte Schaden zu nehmen. Die konsequente Hochnäsigkeit, gerade in der Situation, in der sie sich befanden, machte FIT mehr und mehr unsympathisch.

Langsam spülte der Regen unter den beiden hindurch und bei KLOCK verschwanden die letzten Reste der Kuhscheiße. Er sah wie frisch gewaschen aus. Plötzlich bebte der Boden. KLOCK und auch FIT zuckten zusammen. Mit der Urgewalt von Bulldozern bauten sich klobige Springerstiefel vor ihnen auf. KLOCK und FIT wagten gar nicht sich zu bewegen.

Ein ganz normaler Schnürschuh musste das Feld räumen, aber nicht ohne sich lautstark zu äußern. Er sagte mutig seine Meinung.

„Es spannt dir wohl der Schaft?"

„Kann es sein, dass dir ein paar Millimeter am Absatz fehlen, du Pinkel?", wurde der Schnürschuh provoziert.

„Hör mal, das reißt mir nicht unbedingt die Sohle vom Körper", sagte der Schnürschuh ziemlich patzig.

KLOCK und FIT waren entsetzt. Was war denn das für eine hässliche Konversation? Es lag böser Krach in der Luft. Die Luft zitterte richtig. Der Springerstiefel wippte mit der klobigen Spitze ständig auf und ab und verspritzte Wasser aus der kleinen Pfütze um sich. Keiner der umstehenden Schuhe sagte etwas. Wortlos nahmen sie Abstand und verhielten sich ruhig.

„FIT, wenn der Schnürschuh nicht bald ruhig ist, wird der zermalmt."

„Glaube ich nicht. Wenn dem arroganten Springerstiefel nichts mehr einfällt, wird er gehen. Der hat doch außer Masse nichts zu bieten."

„Bist du dir da sicher?"

„Klar. Und, was habe ich gesagt? Er geht. Es fällt ihm nichts mehr ein", sagte FIT mit einem Tonfall der Überzeugung.

„FIT, er musste gehen - sein Zug ist gekommen. Ich muss sagen, du trägst deine Ferse auch ziemlich hoch."

„Ich habe doch gar keine Ferse, nicht wirklich. Wenigstens nicht so wie andere, gewöhnliche Schuhe", entgegnete FIT.
„Dann tust du aber so. Das ist noch schlimmer."
„Nun lass mal den Senkel in der Öse, KLOCK. Ich bin mit meiner Art noch immer gut durchs Leben gekommen.
Meine Erscheinung überzeugt noch immer."
„Ich habe doch gar keine Senkel."

Alle Schuhe waren inzwischen mit ihren Leuten in den Zügen verschwunden, und KLOCK und FIT wieder allein im Regen.
Plötzlich hielt ein großer orangefarbener Lkw vor dem Bahnhof. Die Bahnhofsuhr zeigte 7:46 Uhr. Zwei Männer stiegen aus und leerten alle Tonnen und Papierkörbe. Plötzlich kam einer der Männer auf KLOCK und FIT zu.

„Horst, da unter der Bank stehen Holzschuhe rum. Hast du nicht mal welche für die Gartenarbeit gesucht oder für die Arbeit bei deinen Zwergziegen?"
„Klar, her damit, super!"
Der Mann zog seinen rechten Arbeitsschuh aus.
„Die passen mir sogar."
Horst nahm KLOCK auf und verstaute ihn behutsam in dem großen Auto, unter den Sitzen. Vorher wischte er noch mit einem Papiertuch das Wasser rundherum ab. Er behandelte die gerade neu erworbenen Holzschuhe richtig liebevoll.

FIT dagegen wurde gegriffen, von allen Seiten betrachtet, und in hohem Bogen in den großen dunklen Schlund des Müllwagens geworfen. Er sagte keinen Ton mehr und KLOCK konnte sich nicht mal verabschieden, es ging alles so furchtbar schnell.

Trotz der manchmal unfeinen Diskussionen mit FIT, war KLOCK ein bisschen traurig, dass sein Bekannter so gefühllos behandelt wurde.

Vielleicht würde KLOCK ja in seiner neuen Umgebung, bei der Gartenarbeit oder bei den Zwergziegen, jemanden treffen, dem er die Geschichte von FIT erzählen kann.
Von damals, beim großen Regen, unter einer Bank im alten Bahnhof, als zwei Außenseiter fast zu Freunden wurden – wenn nur mehr Zeit gewesen wäre.

WENIGSTENS EIN STRAUSS
ROTE ROSEN
Späte Einsicht

Der alberne Streit, nach dem ich heute Morgen den Frühstückstisch verlassen habe und aus der Wohnung gestürzt bin, hat mich selbst etwas erschrocken, aber ich war im Recht.
Martin hätte sich wirklich etwas mehr zurückhalten können. Jetzt muss er eben allein sein Frühstück beenden und nicht, wie sonst üblich, danach noch mal zärtlich zu prüfen, ob ich etwas unter dem Morgenmantel anhabe. Ich bin doch nicht sein Lakai.

„Annette, mein Schatz, ich habe heute Abend zwei Geschäftspartner zum Essen eingeladen. Ganz wichtige Sache", unterbreitete mir mein Martin so einfach nebenbei.
Ich kann das gar nicht so biestig wiederholen, wie ich mir das wünschte. Ich hätte aus der Haut fahren können. Schätzchen Annette hat eben da zu sein! Scheiße, ich hätte das gerne ein paar Tage vorher gewusst. Immer die Ausrede, dass man manchmal solche Dinge vorher nicht wissen könne, geht mir auf die Nerven.
Allerdings muss ich zugeben, dass das in den letzten sechs oder sieben Monaten, oder waren es acht, nicht vorgekommen war. Außerdem, was soll's, man kann ja auch irgendwo anders essen gehen.
Ich war so stinksauer über seine mal–eben-ganz-wichtige-Sache-Entscheidung, dass ich frustriert aus der Wohnung flitzte und in ein Bistro gerannt bin, um einen gepflegten Cappuccino zu trinken.
Nein, ich werde mir ein komplettes Frühstück bringen lassen. Das musste jetzt einfach sein.
Und zum Friseur werde ich auch noch gehen.

Dann müsste ich Martin noch anrufen, um vielleicht ...... nein, er soll ruhig merken, dass es so nicht geht.
Dass die Sonne so doll scheint, hätte ich nicht gedacht. Ich war völlig verkehrt angezogen. Darauf hatte ich in meiner Wut und der Kälte, die ich empfand, gar nicht geachtet. Aber nun war es passiert.
Jacke weg, den Rollkragenpulli konnte ich leider nicht loswerden. Aber wenn ich drüben in der Boutique schnell noch ..., ach was, es würde die paar Minuten auch so gehen. Außerdem könnte ich ja wieder nach Hause gehen, denn Martin war längst im Büro.

Ich kenne nicht einmal seine Reaktion auf unseren Streit, so schnell war ich weg. Warum machte ich mir eigentlich so viel Gedanken, er hatte doch selbst schuld.
Ich saß im Bistro, grübelte und betrachtete ein bisschen meine Mitmenschen, wie die potentielle Verführerin drei Tische weiter, die meinem Martin sogar gefährlich werden könnte. Vielleicht.
Am Nebentisch setzten sich zwei Frauen hin, so in meinem Alter. Die eine von ihnen kam schon tratschend und laut schnatternd zum Tisch. Sie hatte noch nicht mal eine Pause eingelegt, als sie ihren Platz einnahm.
Sie war wohl was Besseres, denn ihr Outfit war zwar hässlich, aber sicher teuer. Ziemlich heftig geschminkt war sie und hatte Fingernägel, für die man einen Waffenschein braucht.
Wie zieht die eigentlich ihre Strumpfhosen an? Oder die Halterlosen? Ich malte mir lieber nicht aus, wie sie dabei ihre Finger verrenken musste.
Die schwarze Lockenmähne war imponierend.
Da war eine Locke so gewaltig, wie bei anderen ein ganzer Zopf.

Eine auffallende Erscheinung, aber sie war bestimmt inkognito unterwegs, denn ihre große Sonnenbrille deckte den oberen Teil ihres Gesichtes fast zu.

Ihren Rock konnte man als solchen gar nicht bezeichnen; gut dass der kleine Tisch eine Tischdecke hatte, die fast bis zum Boden reichte. Instinktiv prüfte ich meinen Rock, ob der vielleicht auch ..., war er aber nicht.

Ich glaube, diese Frau würde meinem Martin nicht gefallen. Sagen wir mal, ich hoffte es.

Die Freundin der „Madonna" war dagegen ein unscheinbares und blasses Anhängsel.

Streng nach hinten gekämmte Frisur, kleine Kugeln als Ohrringe – das war es fast schon.

Ihr Kostüm - auch nichts Besonderes. Aber ihre Schönheit konnte man erahnen. Ungeschminkt ließ sie ihr hübsches Gesicht wirken. Vom ganzen Typ her so wie: eben noch hässliches Entlein, plötzlich Vamp.

Da fahren Männer voll drauf ab, da wird die Fantasie beflügelt, da werden in Gedanken Schönheiten entwickelt. Da steckt oft ein Tiger im Schafspelz. Gefährlich, gefährlich, ob die „Madonna" das auch wusste?

Aber das brauchen solche Madonnen, so blasse Anhängsel, da kommen sie selber besser zur Geltung. Ich bin ehrlich gesagt auch immer froh, wenn meine Freundin nicht so auffällig neben mir erscheint.

Obwohl, mit der Schwarzhaarigen möchte ich mich nicht vergleichen. Mein Frühstück, endlich!

Die anderen beiden hatten das Gleiche bestellt und bekamen es auch schon, obwohl sie so viel später kamen. Vielleicht ist die „Madonna" Stammgast.

Die Mundgymnastik der „Madonna" setzte sich fort, die andere war zum Zuhören verurteilt, genau wie ich auch. Ob ich nun wollte oder nicht.

„Stell' dir mal vor, der Andy ist doch vor vier Wochen bei mir eingezogen. Und was passiert? Er wird zunehmend träger und steht morgens schon mit Unlust auf. Wenn das so weiter geht, werfe ich den Kerl raus.

Ich müsste doch mit dem Klammersack gepudert sein, wenn ich das auf Dauer mitmache."

„Na ja, ich könnte mir vorstellen, dass ..."

„Weißt du was der gestern gebracht hat? Ich habe mir ein neues Dessous geleistet, und da sagt der doch: Das hast du aber auch schon lange nicht mehr angehabt. Der hat nicht bemerkt, dass ich das ganz neu gekauft habe. Obwohl er sich das wünschte. Stell' dir das vor. Außerdem mit dem Schritt, den man ... du weißt schon, man kann in dringenden Fällen den Slip eben ... auch mal anlassen."

„Etwa auf dem Klo? Geht denn so was?"

„ Klar, auf dem Klo geht das auch."

Die „Madonna" verrenkte ihr Gesicht.

„Hm, vielleicht hättest du es nicht so lange im Schrank..."

„Eeeelke, halloooo – hörst du nicht zu? Das hatte ich erst vier Stunden vorher gekauft. Das war frisch ausgepackt!"

„Na ja, dann!"

„Sag mal, was ist das denn? Kann man das essen, Elke? Das sieht ja aus wie Blusenknöpfe."

„Das sind Radieschen, fein geschnitten."

Mit ihren langen Fingernägeln zog die „Madonna" angewidert die Radieschenscheiben von den belegten Brötchen.

Die Fingernägel hatten die Funktion einer Greifzange. Ich konnte kaum hinsehen. Meinem Martin würde schlecht werden.

„Elke, gestern wollte ich abends noch mal zu Giovanni, der hat eine tolle Bar, ziemlich angesagt.

Da triffst du lauter abgefahrene Typen, aber von der guten Sorte. Mein Andy ist nicht zu bewegen gewesen, auch nur darüber nachzudenken, ob er mitgehen möchte. Das ist doch ätzend."

„Du hättest doch allein gehen können."

„Was? Da wäre der hoch wie eine Rakete. Da fängt der an zu spinnen."

„Habt ihr denn nichts, was ihr gemeinsam ..."

„Doch, da gibt es schon was. Raus aus den Klamotten, rein in die Dusche, raus und abtrocknen, rein in die Kiste. Toll, was? Aber gut ist der im Schnarchkasten schon. Leider läuft er neuerdings rum, wie wenn er nichts zum Anziehen hätte. Früher hat der sich noch die Haare gepflegt, aber heute vergisst der sich zu kämmen, wenn wir weggehen wollen."

„Sagtest du nicht mal, dass er kaum noch Haare hätte?"

„Halloooo, wo bist denn du gelandet. Bist wohl nicht auf dem Laufenden?

Das war René, dieser Buchhalter, der ist doch schon seit..., den habe ich das letzte Mal vor sechs Wochen gesehen. Der ist jetzt mit einer vom Finanzamt zusammen. Kannst du dir vorstellen, wie die nachts Zahlenspiele machen?"

Das verzerrte Lachen der „Madonna" war nicht besonders einladend. Vor allem sehr laut. So was könnte mein Martin überhaupt nicht ab. Die säße nach der ersten Lachattacke bereits wieder vor der Tür.

„Dann kenne ich deinen Andy ja noch gar nicht."

Dabei tastete Elke sich an ihrer Frisur entlang und legte ein paar lose Haare hinters Ohr.

Sie zog ihren Pulli nach unten und man sah plötzlich, dass sie sogar einen ansehnlichen Busen hatte. Bei dem weiten Pulli war der vorher gar nicht zu erkennen.

„Das kann ich gar nicht glauben. Aber lass nur, so viel hast du da auch nicht versäumt. Der hat übrigens schon einen Bauchansatz und hat Probleme, hinters Steuer seines neuen Porsche zu kommen. Und das hat wohl was mit Trägheit zu tun. Wenn der so weiter macht, wird der bei mir sowieso nicht alt."

„Hast du nicht vorher gemerkt, dass er so gar nicht zu dir passt?"

„Wenn du verliebt bist und sich deine Augen verkleistern, denkst du doch nicht an so was. Aber du hast Recht, jetzt, wo ich es weiß, kann der sich bald einen neuen Schnarchkasten suchen. Und die Kiste ist auch nicht alles. Letztens bin ich fast aus den Schuhen gekippt. Ich hatte Namenstag.

Ist ja nicht irgend ein Tag. Was macht mein traniger Andy? Er kommt mit einer Flasche Sekt, an die er zwei rote Nelken gebunden hatte. Ich bin vor Freude fast geplatzt. Wenigstens einen Strauss rote Rosen hätte er doch mitbringen können. Elf Stück, es war der 11.6., hätten es doch getan - oder? Aber nein - Nelken, diese Friedhofsflora. Am Anfang war der nicht so ein Geizkragen."

Vornehm putzte „Madonna" mit der Serviette ihre Mundwinkel ab, da quietschte ein flacher schwarzer Sportwagen gegenüber an der Strasse und hielt an.

Der dumpf röhrende Motor machte eine letzte Umdrehung und „Madonna" ihre erste.

Ein schlanker Mann mit einer Frisur, wie wenn er in eine Steckdose gegriffen hätte und auf Hochglanz gefettet, schälte sich heraus.

„He, mein süßer Schmetterling, was sehen meine geröteten Augen? Schon fertig gefrühstückt?"

„Madonna" tat so überrascht, dass sie in ihrem Stuhl versank und ihr Rock die Sicht auf alles frei gab, was Dame drunter so alles zu bieten hat.

Vor allem hatte sie sofort vergessen, wie sie vorher in allen Einzelheiten erklärte, warum sie ihn loswerden wollte.

Sie fing sich schnell wieder und stand in voller Größe vor ihrem so tranigen Andy. Und seine Augen waren tatsächlich gerötet, das konnte ich sogar von meinem Platz aus erkennen.

„Mein Schnuck, komm' mal her, ich stell dir meine beste Freundin vor.

Wir haben uns zufällig getroffen und mussten mal von alten Zeiten quatschen. Du weißt doch, wie das unter Freundinnen so ist."

Andy drückte seinen süßen Schmetterling wieder auf den Stuhl, beugte sich hinunter und sein Kopf geriet zwischen die Krallen der „Madonna", die ihn so abschmatzte, dass jeder erkennen konnte: Der ist meiner! Ihre beste Freundin guckte so verdattert, dass ihr fast die Luft wegblieb.

„Schnuck, das ist Elke. Wir sind schon zusammen in die Schule gegangen. Elke, das ist Andy, ein ganz Lieber.

Kannst du mich gleich mitnehmen, wenn ich hier mit Elke fertig bin?", wandte sie sich ohne Übergang an ihren Lover.

„Klar doch! Aber warum hast du mir denn Elke so lange verschwiegen? Da ist doch eine kleine versteckte Perle zu erkennen."

Diese Bemerkung brachte Glanz in das Gesicht von Elke, aber bei „Madonna" entgleisten sämtliche Gesichtszüge.

Andy trommelte auf ihren Gefühlen herum, wie auf einer Reggaetonne.

„So ist mein Schnuck. Hat für jeden ein kleines Kompliment", flötete sie Elke zu.

„Madonna" umklammerte ihren Schnuck und konnte sich gar nicht schnell genug von Elke verabschieden. Die hatte bis jetzt überhaupt noch nichts gesagt und hing mit den Augen nur an Schnuck. Der blickte aber auch nicht unbedingt woanders hin.

Ich hatte es doch geahnt, bei Männern geht die Fantasie auf Reisen, wenn sie etwas vor sich sehen, was man verschönern kann.

Wie eine verfallene Hütte, die mit viel Enthusiasmus wieder zum Schmuckstück wird. Frauen fehlt da oft die Vorstellungskraft. Ich nehme mich da nicht ganz aus.

„Madonna" dauerte das alles schon zu lange und sie bat ihren Schnuck, ziemlich sülzig und süffisant, er möge doch so gut sein und die Rechnung für beide zu zahlen.

Er tat's. Ganz der Gegensatz von angeblich geizig.

„Also Elke, es war ganz toll. Wir müssen das unbedingt wiederholen. Man sieht sich – tschüüüs!"

Elke packte ihre Sachen und ging so, wie sie gekommen war – leise.

Eiligst tänzelte „Madonna" mit ihrem Schnuck, der ja nicht mehr lange bei ihr sein wird und sich einen anderen Schnarchkasten suchen muss, über die Strasse und zwängte sich in den Sportwagen. Ihre hohen Stöckelschuhe kippten ein ums andere Mal seitlich weg.

Sie musste froh sein, heil im Wagen eingestiegen zu sein. Das letzte Winken zu Elke, ihrer besten Freundin, war wie ein Abschied für immer. Vor dieser Gefahr, mit Namen Elke, hatte sie ihren Schnuck gerade noch mal gerettet.

Ich hatte mehr Zeit verplempert, als ich eigentlich wollte. Was wohl mein Martin jetzt macht? Ich muss ihn anrufen, jetzt sofort.

„Mein Schatz, ich habe heute Morgen überreagiert, tut mir leid. Ich habe einen ganz tollen Rehrücken gekauft. Heute Abend gibt es ein super Essen für deine Geschäftspartner ...- und uns natürlich. Ich freue mich auf heute Abend."
„Liebes, ich konnte dich nicht erreichen, daher weißt du noch nicht, dass alles auf einen anderen Termin verlegt werden musste. Tut mir leid."
„Dann werden wir eben das Mahl alleine genießen. Den Rest werden wir einfrieren. Das ist das kleinste Problem."

Den Rehrücken, und alle Zutaten für ein grandioses Menü, musste ich natürlich noch einkaufen, denn die hatte ich ja angeblich schon.
Der Streit mit Martin hatte sich erledigt und ich hatte wieder ein besseres Gefühl.
Ich liebte meinen „Schnuck" Martin nämlich wirklich und würde ziemlich aus der Spur geraten, würde er sich von mir verabschieden. Und an abservieren dachte ich schon gar nicht.
Und ein Strauß rote Rosen muss es auch nicht sein. Ich werde demnächst jedenfalls nicht wieder so reagieren, wie heute morgen. Den großen Blumenstrauß, den Martin mir mitbrachte, mit drei wundervollen Strelizien mittendrin, hatte ich gar nicht erwartet.

Ein Gänseblümchen hätte mir sogar gereicht. Hauptsache, mein Martin war nicht böse mit mir. Und ich nahm mir vor, ihn nie wieder allein frühstücken zu lassen.

Vor allem möchte ich nicht verpassen, wenn er neugierig nachprüft, ob ich unter dem Morgenmantel Vielleicht.....

Die Sorgen der Hübschen – sexy wirken und sehr verführerisch aussehen

PILZE – EINE WISSENSCHAFT
Schmackhaftes ist Geheimsache

Sonntag, ein Morgen mit leuchtend blauem Himmel und Sonnenschein satt. Es ist immer pünktlich 10 Uhr, wenn mein Freund Horst und ich mit unseren Schäferhunden zur Wanderung aufbrechen. Hinter unseren Häusern sind wir nach ein paar Schritten sofort im Wald.

Die ersten Meter bergauf begleitet uns das Gewehrfeuer der Sportschützen. Der Schießstand liegt in Sichtweite. Wie an die Schützen, haben wir uns auch an die alte Nachbarin gewöhnt, an deren Grundstück wir immer vorbei gehen.

Sie hat im Vorgarten einen Weg von etwa 15 Metern angelegt, 60 Zentimeter breit, mit feinstem Split. Wir nennen den schmalen Weg „Avus". Das hat natürlich seinen Grund. Bei schönem Wetter lässt sie ihre Schildkröte die Strecke entlang laufen, nimmt sie am Ende wieder auf und bringt sie an den Anfang zurück. Das macht sie einige Male nacheinander.

Wenn die alte Dame Besuch bekommt, hält sie auch mal ein längeres Schwätzchen am Gartenzaun. Dann sitzt ihre Schildkröte am Ende der „Avus" fest und weiß nicht weiter.

Nach mehrmaligem Hin und Her wird es für die alte Frau zu anstrengend.

Hinterher rennen, Schildkröte aufnehmen, an den Anfang zurück – das ermüdet.

Wir denken aber, dass diese sportliche Übung beiden trotzdem gut tut, da selbige Prozedur regelmäßig stattfindet und fit hält.

Obwohl Horst und ich genau wissen, dass wir das nicht tun sollten, kommen uns zu dieser Sache trotzdem lasterhafte Gedanken, die in einem Wortspiel enden.

So war es jedenfalls heute, als wir glaubten zu sehen, dass die alte Frau ein ernstes Wort mit der Schildkröte wechselte.

„Stefan, hast du gesehen, wie sie mit der Schildkröte geschimpft hat?"

„Ja, und als sie ihr eins auf die Ohren geben wollte, war der Kopf weg!"

„Wahrscheinlich hat sie ihr gesagt, dass sie nicht so rennen soll."

„Man jagt auch seine Schildkröte nicht so gnadenlos immer die gleiche Strecke entlang, und dazu noch eine Einbahnstraße."

Der alten Frau wurden wir mit dem Geschwätz nicht gerecht, aber es machte Spaß.

Normalerweise beziehen sich unsere Gespräche zu Beginn der Wanderung hauptsächlich auf die uns umgebende Natur und den Frevel, den die Leute begehen, wenn sie ihren Müll an der Wegböschung in den Wald werfen.

Sogar Kühlschränke, Fernseher und Autoreifen lagen schon dort. Immer wieder bemerken wir, dass die Gemeinde keinen Finger rührt, den Müll im Wald zu beseitigen. Obwohl Zeit und auch Leute vorhanden wären.

Es ist wirklich unglaublich und ärgerlich, wenn man selbst als ordentlicher Bürger dafür sorgt, dass die Entsorgung den richtigen Weg geht und wir uns an der Natur erfreuen können. Aber die Ignoranz reichlich vorhandener Zeitgenossen bringt uns regelrecht in Rage.

Das ist jede Woche die gleiche Situation mit dem gleichen „Aufreger", und jede Woche kommen neue Müllbrocken dazu.

Als Elektrofreak hat Horst den Blick für kleine Details und findet hier und da schon mal verwertbare Lampenfassungen, Schalter und Relais.

Insofern gewinnt er dem Unrat noch eine gute Seite ab. Entweder werden die Teile gleich mitgenommen oder auf dem Rückweg der „Hilfsentsorgung" unterworfen.

Unsere Mithilfe bei der Beseitigung steigert den Lagerbedarf im Werkraum seines Kellers. Sehr zum Missfallen von Miriam, die der Meinung ist, dass bei Horst im Regal mehr Schalter und Relais lagern, als im Weltraum-Shuttle eingebaut sind.

Miriam übertreibt da gewaltig, aber in allen Übertreibungen steckt auch immer ein bisschen Wahrheit.

Ab einer bestimmten Wegstrecke ist es dann soweit, dass wir auch wieder einmal etwas zum Lachen haben. Während Horst versucht, mir die neuesten Witze zu erklären, erzählen wäre zu gewagt, höre ich ganz konzentriert zu. Das ist auch sehr wichtig, denn die Witze von Horst sind immer mit einer Eigendynamik ausgestattet, denn er vergisst oder verdreht oft die Pointen. Zwischendrin fragt er dann schon mal: „...eh, wie war das noch?"

Wie sollte ich das aber wissen? Meistens setzt er dann in der Mitte des Witzes neu an.

Und wenn er dann anfängt, schon laut zu lachen, bereits vor der Pointe, weiß ich, dass es auch für mich Zeit wird, mitzulachen.

Das Ende eines Horstwitzes ist dann so abrupt wie: Kopf ab – fertig.

Aber er gibt sich immer redliche Mühe und erklärt sogar die Pointen anschließend.

Zu seiner Rettung sei gesagt, dass es meistens wirklich gute Witze waren. Ihre Gemeinsamkeit war die Kürze – und dass ich sie inzwischen alle kannte. Es konnte passieren dass ich ihm seinen abgebrochenen Witz später neu erzählte und er dann lachte und sagte: „Ich glaube, den kannte ich schon."

Dieses Verhalten hatte aber nicht das Geringste mit Alzheimer zu tun. Seine Speicherkapazität für Witze war nur sehr gering, er brauchte den Platz für Dinge, die für ihn wichtiger waren.

Weiteren Spaß hatten wir mit unseren Hunden.
Meiner war da sehr leicht zu handhaben, er hatte beim Spaziergang viel zu viel mit sich selbst zu tun, als uns zu beachten. Dafür forderte der Hund von Horst viel Aufmerksamkeit. Er tanzte vor uns herum. Wir hatten die Wahl zwischen stehen bleiben oder stolpern. Also suchten wir dem Quengelgeist dann immer den Ast eines Baumes, der groß genug, aber auch nicht zu schwer war, damit er etwas zu tragen hatte. Manchmal bis nach Hause.
Bei den Pausen, die er einlegte, ließ er uns immer an sich vorbei (*welch eine unangenehme Angewohnheit*), um nach einer Weile nachzukommen, und das im Eiltempo. Dann hatten Horst und ich zwei Möglichkeiten. Entweder wir liefen eine Weile rückwärts und hatten seinen Hund im Auge oder wir sprangen irgendwann nach Gefühl zur Seite.
Das klappte natürlich nicht immer, denn der „Sausack", diesen und ähnliche Namen bekam sein Hund bisweilen, lief grundsätzlich zwischen uns durch und haute uns die überstehenden Enden seines Astes in die Kniekehlen.
Das Ritual hatte sich in den letzten Jahren nicht geändert. Wahrscheinlich hätte uns da auch etwas gefehlt.
Und bald erreichten wir Plätze, die das Lieblingsthema von Horst waren: Plätze, an denen Pilze zu finden waren. Ich glaube, dass man diesem Thema nur hätte ausweichen können, wären wir über ein riesiges Geröllfeld, durch feuchte Moore oder die Sandwüste gelaufen. Ein begründeter Zweifel bleibt, weil Horst auch da Pilze entdecken würde.

Nach mehreren Wegbiegungen kamen wir dann zu einer Stelle am Wegrand, wo es jede Menge Pfifferlinge gab. Für Horst hat der Ausspruch: Das ist keinen Pfifferling wert – fast etwas Beleidigendes.

Inzwischen kennen wir sieben Stellen, die, außer der ersten, kein anderer je gesehen hat. Bevor die Pilzsaison beginnt, hat Horst schon den Geruch von Stein-, Champignon-, Maronen- und Birkenpilzen in der Nase. Dazu noch den Lieblingspilz seiner Frau – den Duft der Rotkappen. Ich konnte mich bemühen wie ich wollte, aber den Duft von Rotkappen habe ich nie von anderen unterscheiden können.

Ich bin bei unseren langen Spaziergängen immer heilfroh, wenn wir niemandem begegnen. Was ja auch fast immer der Fall ist. Aber, der Teufel liegt im Detail und kommt in Gestalt eines einsamen Wanderers um die Ecke.
Der stolpert somit direkt in unser wichtigstes Thema. Gerade fragte ich Horst, warum an der Böschung vor uns einmal so viele Pfifferlinge standen und nun gar keine mehr.
Wie gesagt, der einsame Wanderer kam um die Ecke auf uns zu.
„Stefan - geh ganz normal weiter, erzähl nicht so auffällig von den Pilzen hier."
Der Wanderer passierte uns mit der Bemerkung: „Na, auch einen Salamander entdeckt? Gibt viele hier!"
„Scheinheiliger Bursche", sagte Horst und blickte mich erleichtert an.

Ich fürchte mich vor dem Spruch von Horst: „Hier müsste es schon Pilze geben."
Ab da wird in gebeugter Haltung durch das dichte Zweigwerk des Fichtenwaldes gestolpert, obwohl die Pilzsaison eigentlich erst in ein paar Wochen beginnt.

Auch in den Büchern, die wir darüber studieren, steht, dass zu dieser Zeit noch gar nichts wächst. Aber..., wie verhext, irgendwie stellt sich doch ein „Frühchen" in den Weg, was Horst prompt findet.

„Siehst du Stefan, es gibt doch schon welche. Und wo einer steht, stehen auch noch mehr."

„Toll, nächste Woche müssen wir unbedingt eine Tüte mitnehmen."

„Tüte? Was für eine Tüte? Die sind Matsch, wenn du nach Hause kommst. Du musst einen Korb haben!"

Es ist jedes Jahr das Gleiche, mir fehlt der selektive Blick für die schmackhaften „Weichlinge". Es ist wie beim Angeln; die Einen fangen alles, die Anderen baden nur ihre Köder.

Das Verrückte an der Sache ist auch, dass ich, wenn ich allein gehe, kaum Pilze finde. Sogar die Ungenießbaren verbergen sich.

Weiter geht's durch das Unterholz. Immer wieder schlagen kleine, peitschenähnliche Zweige an den Kopf und auf die Ohren.

Oder die langen Fäden von Spinnweben liegen quer über dem Gesicht.

Eigentlich hasse ich diese Gewalttouren, wenn noch gar keine Pilze zu sehen sind.

Ich muss aber ehrlich zugeben, dass ich, genau wie Horst, ein Pilzliebhaber bin und beim Sammeln in einen Rausch verfalle, wenn sich langsam der Korb füllt.

Aber es wäre mir lieber, wesentlich angenehmer, würden diese schmackhaften Gesellen in Gegenden stehen, die man aufrecht gehend durchstreifen kann.

Vielleicht ist es aber der noch nicht erforschte Selbsterhaltungstrieb der Pilze, ausgerechnet in so unwegsamem Gelände zu wachsen. Und, wie gemein, ausnehmend solche, die sich als guter Speisepilz einen Namen gemacht haben.

Ein weiterer Frust kommt bei mir stets dann auf, wenn ich feststellen muss, dass es noch andere Lebewesen gibt, die schneller sind als wir. Diese Lebewesen werden von Horst respektvoll als „Feinde" bezeichnet.

Zweibeinig und leider oftmals vor uns am Ziel der Begierde. Frührentner, die schon zu normalen Tageszeiten am Werktag unterwegs sein können.
Die überlegen nämlich an den Wochenenden, welchen Tag sie für das gemeine Vorhaben wählen, und setzen es dann in die Tat um.
„Horst, so viele Rentner gehen doch nicht in die Pilze, die haben andere Sorgen. Und wie wollen die dort hinkommen?"
„Sag das nicht. Neulich hatte ich so einen gesehen. Die Mutti fuhr ihn an den oberen Waldrand, und am anderen Ende nahm sie ihn mit dem vollen Korb wieder in Empfang.
Einer war mir mal begegnet, der war gierig beobachtend auf dem Weg entlang gelaufen.
Ich bin dann um ihn herum, durch den Wald durch und habe ganz schnell abgegrast. Manche von denen fahren sogar noch mit dem Rad ..., als alte Rentner!"
„Ich denke, dass es trotz allem noch genügend Pilze für alle gibt. Weiß ich doch, dass du mit Miriam immer um die 40 kg Steinpilze einfrierst.
Geputzte 40 kg!"
„Aber nur, weil sonst keiner die Stellen kennt. Weil ich vorsichtig bin!"
„Horst, ich weiß nicht."
„Stefan, kannst du dich noch ans letzte Jahr erinnern, als wir dieses Ehepaar getroffen hatten? Du sagtest denen, dass ganz in der Nähe viele Pilze wachsen, wo sie den Eimer füllen könnten. In der Gegend habe ich nie mehr welche gefunden. Die haben vielleicht das gesamte Myzel zerstört – so ist das!

Und in diesem Jahr gehe ich erst gar nicht dort hin. Aus – vorbei!"

Zur zweiten Gruppe der „Feinde" gehören ganz andere Lebewesen. Eigentlich von der Anatomie her nicht zu erwarten. Die schnellsten und gierigsten „Feinde" sind hässliche und glitschige Schnecken. Unglaublich.

Der Spaziergang konzentrierte sich allmählich wieder auf unsere Hunde und fand auf bequemen Wegen statt. Unsere beiden Hunde sind sehr pflegeleicht und gehorsam. Eine Leine brauchten wir nie, auch nicht wegen des Wildes im Wald.
Einmal standen sich unsere beiden unversehens einem Reh gegenüber. Alle drei betrachteten sich still. Die Überraschung lähmte wohl allen, auch uns, die Glieder. Und dann blickten sich unsere Hunde an.
Diesen Augenblick nutzte das Reh, und lief zwischen den beiden Hunden einfach davon.
Sie bekamen jeder ein Knacki für gutes Benehmen, und wir ein Bonbon für frischen Atem. Alle waren zufrieden, und die Begegnung der ganz überraschenden Art war überstanden.
Nun erreichten wir die Stelle, die einmal mit Pfifferlingen übersät war. Genau die Stelle, von der ich glaubte, dass sie der Nabel der Pilzwelt sein musste.
Dies war unser Platz mit der Nr. 5, den ja außer uns noch niemand entdeckt hatte. Außer den Schnecken. Aber an die Pfifferlinge, gottlob, gehen diese Räuber nicht so schnell dran. Auch die Würmer nicht.
Unsere Hunde kannten die Stelle auch schon bestens und liefen uns voraus.
Aber bestimmt nicht wegen der Pilze. Es war einfach Gewohnheit. Sie schnüffelten dort aufgeregt kreuz und quer, denn Horst und ich verhielten uns, genau an der Stelle, jedes Mal ähnlich.

Irgendetwas musste ja dort sein, wenn sich die Herrchen auch immer für die Stelle interessierten. Nachahmungstrieb!

Diesmal überraschte mich Horst gründlich.
Etwa 50 Meter vor Platz Nr. 5 sagte er zu den Hunden: „Halt, hierher – heute ist nichts mit Pilzen. Bei Fuß!"
Sie fügten sich dem Befehl. Als wir Platz Nr. 5 erreichten, ist Horst über den Graben in den Wald gehechtet. Zu den Pilzen!
„Ich denke, heute wolltest du nicht ..."
„Müssen doch die Hunde nicht wissen. Mit ihren acht Pfoten trampeln die alles um. Hast du das Drama vom letzten Jahr schon vergessen?"

Der Horst ist schon ein ganz Besonderer. Ein wahrer Freund, immer hilfsbereit.
Das muss einfach gesagt werden, um zu verstehen, warum man sich so manches antut und erduldet, wenn man mit ihm unterwegs ist, speziell in Sachen Pilze. Es ist wie eine Sucht, und ich freue mich regelmäßig auf unsere Spaziergänge, sowie die Diskussion über Pilze, die eigentlich noch gar nicht wachsen dürften.
Letztes Jahr war folgendes passiert: Horst war alleine unterwegs und sammelte Steinpilze. Ich half abends beim Putzen. So etwa 20 kg waren da zusammen-gekommen.

„Stefan, da stehen noch eine ganze Menge. Kannst du die morgen nicht für euch holen? Ich muss nach Karlsruhe und komme übermorgen erst zurück."
Mir verschlug es die Sprache.
„Bevor sie kaputt gehen, oder von den Feinden geholt werden ..."

Horst und ich waren, wie gewöhnlich, nach etwa zwei Stunden wieder Zuhause und wir tranken, ebenfalls wie gewohnt, ein schönes helles Bier.

Manchmal auch noch eins oder zwei mehr, es kam darauf an, wie viele Erlebnisse zu verarbeiten oder Pilze zu putzen waren.

Die gemeinsamen und schmackhaften frischen Pilzgerichte waren immer etwas Besonderes. Der Rest, und das sind viele Kilo, wurden immer eingefroren und bis zur nächsten Saison verbraucht.

Ich nahm also am folgenden Tag einen Korb, nicht zu groß, aber auch nicht zu klein, so für etwa sechs bis sieben Kilogramm und verabschiedete mich bei meiner Frau zur Pilzjagd.

Sie bat mich, doch schon etwas vorzuputzen – so den Hauptschmutz.

„Essen – ja gern, aber putzen?"

Meine Bemerkung blieb unbeantwortet. Ich hatte bei meiner Suche wenig Glück. Hat er mich an eine falsche Stelle geschickt? Oder waren die Feinde schon da? Ich hatte nach etwa einer Stunde zwei mickrige Maronenpilze, die sich im Korb fast aus den Augen verloren.

Schmackhafte Parasolpilze

Dann hatte ich das Glück des Tüchtigen. Auf einer Waldlichtung reckten sich weiße, weithin leuchtende Köpfe aus dem hohen Gras. Vorwitzig und provozierend.

Es waren junge und frische Schopftintlinge. In Gesellschaft noch einige Parasolpilze. Im Nu war der Korb fast voll.

Wunderbar - paniert und gewürzt, sind Schopftintlinge eine Delikatesse. Sofort zubereitet, waren sie Spitze. Vor allen Dingen mussten sie fast nicht geputzt werden.

Frohgelaunt, auch ohne Steinpilze, machte ich mich auf den Heimweg.

Da kam mir eine Frau mit Korb entgegen.
Die wird doch nicht etwa die restlichen Steinpilze ..., die Horst meinte.

„Haben sie was gefunden?", fragte sie schon von weitem.
„Wie man's nimmt. Und sie?"
„Oh, haben sie viel", meinte sie mit dem Blick in meinen Korb. „Da kann man ja neidisch werden. Ich habe nur zwei Steinpilze. Aber was sind das eigentlich für welche in ihrem Korb, die vielen weißen und hellbraunen?"

Auf ihre Steinpilze konnte ich neidisch werden. Waren die doch vom Gewicht her genauso schwer, wie mein fast gefüllter Korb.

„Sind die riesigen Pilze noch gut?", wollte ich wissen.
„Ich habe leider kein Messer."
Das war der Punkt, der mich an Horst erinnerte. Er hätte der Frau einige Vorhaltungen gemacht.

Wegen ausrupfen und so. Den Pilz schneidet man über der Wurzel ab, weil man sonst das Myzel vernichtet.

„Wollen sie nachsehen? Ich habe ein Taschenmesser dabei."

Ein Pilz war so verwurmt, dass man den Eindruck hatte, er wäre zum Ort für die Wurm-Jahreshauptversammlung auserkoren worden. Thema: Wie nutze ich am effektivsten einen Steinpilz?

Ich behielt lieber meine Sammlung, nach eingehender Überprüfung der Steinpilzriesen.

Allein sammeln brachte nicht den gewohnten Erfolg, also ließ ich das in Zukunft sein.

Meine Frau erzählte mir neulich etwas, das mich in Zukunft eine Pilzwanderung mit anderen Augen sehen lässt.

„Stefan, stell dir vor, Horst und Miriam haben fast zehn Kilogramm geputzte Pilze, die sie tief gefroren hatten, weggeworfen. Die Lagerzeit wäre abgelaufen gewesen. Und wir brauchten für unseren Wildbraten doch vor zwei Wochen welche, hatten aber keine mehr übrig. Miriam sagte, dass es ja bald wieder neue gäbe. Viele, viele, viele schöne Steinpilze und Pfifferlinge."

„Stimmt, denn ein Pilz steht selten allein."

SUPPENGRÜN
Regeln Farben unser Leben?

Ich wachte in Schweiß gebadet auf. Nicht, weil es schon 8:30 Uhr war, sondern weil ich einen Traum hatte. Ein Traum, der sich in verschiedenen Versionen immer mal wieder, jedenfalls in den letzten Monaten, eindrucksvoll bei mir meldete.

Der Grund war ein Deal, den ich mit meiner Frau aushandelte und der mir so etwas wie die Rolle des Hausmannes einbrachte. Ich sagte ihr des Öfteren, dass ich zur Entspannung gerne kochen würde. Ihr lautes Lachen und dann der mitleidige Blick, werden mir ständige Begleiter sein.

Aber mir war damit wirklich ernst. Außerdem kochen Männer sowieso besser, was anhand der vielen Sterneköche belegbar ist. Oder gibt es etwa auch namhafte Sterneköchinnen? Und wenn, dann müssten sie eine Geschlechtsumwandlung durchgemacht haben.

Diese Meinung provozierte meine Frau gewaltig und brachte sie fast auf die Palme. Und sie war noch nicht überzeugt genug, noch immer wackelte sie, mir gelegentlich das Amt zu übertragen.

Als ich dann sagte, dass Frauen beim Kochen die Ordnung in der Küche vernachlässigen würden, war der Punkt erreicht, dass ich für diese ungeheuerliche Behauptung das Gegenteil beweisen sollte.

Aber der eigentliche Grund, für meinen Vorstoß in die Bereiche der Frau, war ein ganz anderer. Da stand in einer Tageszeitung ein Artikel über gutes Benehmen in der Familie, der mich aufregte.

Mir ist bis heute nicht ganz klar, was eine bestimmte Passage darin mit gutem Benehmen zu tun hatte.

Da wurde die Frage gestellt: Für was ist der Mann im Haushalt zuständig? Muss er beim Kochen helfen?

Die Antwort, für viele Millionen lesbar: Männer sollten da mithelfen, wo sie besser sind.
Egal, ob Abflussreinigung, Autowäsche, oder Abfallbeseitigung. Gleich drei Arbeitsbereiche zur Auswahl – ungeheuer! Das machte mich so wütend, dass ich mit meiner Frau das Thema Kochen auf die Tagesordnung stellte.
Wie blöd müssen Männer eigentlich sein, dass sie nur etwas besser können, was mit niederen Arbeiten zu tun hat. Was sollen denn die Kinder denken? Dass sie nur einen Vater haben, der in der häuslichen Umgebung gerade noch fähig ist, den Müll zu beseitigen?
Dabei gibt es doch noch so anspruchsvolle Tätigkeiten wie: den Hund Gassi führen und die Blumen gießen.

Also machten meine Frau und ich aus, dass ich, zwischen den Arbeiten an meinen Publikationen, die Arbeit des Kochs mit übernehme und die Familie kulinarisch versorge.
Als freier Journalist war das möglich, da ich in meinem kleinen Büro zu Hause arbeiten konnte. Außerdem könnte ich mich ja dann wundervoll erholen, was dann ja auch ihr zugute kommen müsste, wie meine Frau süffisant bemerkte.
Auch könnte ich jetzt meine dummen Sprüche in der Küche an mich selbst richten, wie etwa:

Wedelt der Koch beim Braten die Schürze - erhalten die Speisen noch fehlende Würze ...,

Darüber konnte meine Frau nur sehr begrenzt lachen. Sie nannte es immer Küchenweisheiten, die keiner hören möchte. Meine Tochter allerdings fand es ausgesprochen lustig und haute schon mal in die gleiche Kerbe.

Zerwühlt die Mama den Salat im Teller –
ist die Made dauernd schneller!

Als ich noch in der Anlaufphase war, gewährte mir meine Frau, nett wie sie nun mal ist, noch ein bisschen Hilfestellung.

Das wurde im Laufe der Zeit immer weniger, denn sie engagierte sich jetzt häufiger für ihre ehrenamtliche Tätigkeit bei der Betreuung lernschwacher Schüler. Die Schule, bei der sie vor Jahren den Job quittierte, weil unsere Tochter geboren wurde, war über ihre erneute Mitarbeit begeistert.

Nun überlegte sie sogar, wieder ganz in den Schuldienst zu gehen, aber erst dann, wenn ich mit dem Kochen nicht schiffbrüchig werden sollte. Und das konnte man so schnell noch nicht feststellen. Sie bezeichnete eine frühe Entscheidung als unüberlegten Schnellschuss.

Zurück zum Traum, der mich so in Schweiß badete. Ich hatte nämlich, neben meiner Arbeit am Herd, am Morgen einen Zahnarzttermin.

Wie schon gesagt, es war die Anlaufphase meiner Kochtätigkeit. Ausgerechnet da passierte es, dass diese Zahngeschichte dazwischen geriet.

Sorge auf der einen Seite und Schmerzen auf der anderen. Bevor meine Frau das Haus verließ, unterbreitete sie mir noch eine Bitte.

„Liebling, sei so gut und geh' bitte noch über den Markt, wenn du vom Zahnarzt kommst! Würdest du das bitte tun? Ich habe gestern etwas vergessen, was ich noch brauche, und komme heute nicht dazu."

Warum sollte ich nicht? Wieso müssen Frauen manchmal ihre Fragen so kompliziert verpacken, dass eine Bitte wie ein Befehl klingt?

„Natürlich, es ist ja auf dem Weg. Was möchtest du denn mitgebracht haben?"

„Ich brauche noch ein Suppengrün. Danach musst du nicht lange suchen, es liegt fertig gebunden in einer Steige. Gehe aber zu dem einarmigen Händler, der hat das frischeste Gemüse. Außerdem achte darauf, dass die Petersilie nicht schon so gelb ist."

„Ich denke, das ist beim Einarmigen immer so frisch."

„Na ja, du weißt schon."

„Wie gelb darf sie denn sein – die Petersilie?"

„Also wenn sie schon hellgrün ist, so der Übergang zu gelb, lass' sie lieber liegen."

„Wann brauchst du die denn? Ich weiß nicht, wie lange das beim Zahnarzt dauert."

„Also, bis elf Uhr wirst du sicher zurück sein. Das langt."

Wie soll ein Mann wissen, sollte er nicht schon Hausmann im 5. Semester sein, dass es manchmal die Farbe ist, die bei Gemüse die Qualität bestimmt.

Wie soll er wissen, dass es Gemüsekombinationen gibt, die für den Geschmack eines köstlichen Mahls von außerordentlicher Bedeutung sind.

Wie soll er wissen, dass es gerade die Zusammenstellung ist, die ihn so ins Schwärmen kommen lässt und mit dazu beiträgt, dass seine Gewichtsprobleme nicht weniger werden.

Dem Mann wird schnell klar: Auf die Zutaten kommt es im Leben an - immer! Also gehört der Einkauf solcher Zutaten auch zu den wichtigen Tätigkeiten eines Hausmannes.

So ein Marktbesuch ist stets eine kleine Abwechslung im Alltag. Außerdem blieb mir gar nichts anderes übrig, als über den Markt zu gehen.

Sonst hätte ich einen Umweg von fünf bis zehn Minuten zu meinem Zahnarzt gehabt.

Manchen ist das noch zu wenig. Es gibt sogar welche, die hoffen, dass sie dort nie ankommen. Ein willkommener Grund wäre, dass ein Bekannter sie trifft und unbedingt wissen will, was in den letzten drei Monaten alles passierte, oder dass der Zahnarzt inzwischen umgezogen ist.

Ich hatte also zwei Farben zur Auswahl. Aber was soll da schief gehen? Ich sollte mir da nicht so viele Gedanken machen - von dunkelgrün bis hellgelb. Aber je länger ich darüber nachdachte, desto mehr Zweifel kamen auf. Und auch darüber, ob ich meinen Deal mit meiner Frau aufrechterhalten sollte, als der Wunsch erweitert wurde.

„Einen kleinen Kohlrabi bring bitte noch mit."

„Kohlrabi? Klein?"

„Ja, na ja, so – so mittel eben."

„Wie groß sind die denn gewöhnlich? Haben wir die eigentlich früher auch gebraucht – bevor ich ...?"

Meine Frau verdrehte die Augen und zeigte mit den Händen eine Größe zwischen Apfel und Pampelmuse.

„Die Blätter lässt du aber gleich dort."

„Wie! Da bleibt doch von dem Kohl nichts übrig, wenn die Blätter ..."

„Quatsch, der hat nur vier bis fünf lange Blätter, die wie Fliegenklatschen aussehen."

„Stimmt – da hab' ich wohl was verwechselt."

Ich schob meine Unkonzentriertheit, und die aufgetretenen Wissenslücken auf die leichten Zahn-schmerzen, die mich erfassten.

„Gut, dass du den Termin beim Zahnarzt hast. Gerade richtig."

Wie man's nimmt, dachte ich. Die Begeisterung meiner Frau konnte ich nicht so recht begreifen.

„Was gehört denn bei einem Suppengrün so alles dazu?"

„Ist doch nicht so wichtig. Lauch, Karotten, Sellerie und Petersilie. Es ist alles zusammengebunden, meistens mit einem Gummi."

Mein Auftrag war also gar nicht so kompliziert. Für einen gestandenen Ehemann eine leicht zu bewältigende Aufgabe. Und extra aufschreiben musste ich das auch nicht.

Ich packte meine Sachen und machte mich auf den Weg. Wenigstens hatte meine Frau für den heutigen Tag noch einmal das Kochen übernommen, da ich nicht wusste, in welcher Verfassung ich vom Zahnarzt kommen würde. Der Einkauf auf dem Markt war ja auch nicht ohne.

Es war schon ein mächtiger Betrieb an den Ständen und ich blickte mal hier und mal da, ob ich den Einarmigen erkennen und so ein Suppengrün liegen sehen konnte.

Als ich aber an den Gemüseständen vergeblich nach dem Einarmigen und dem Suppengrün Ausschau gehalten hatte, kam ein bisschen Panik in mir auf. Hatte ich beides übersehen oder waren weder Suppengrün noch der Einarmige da?

Meine Gedanken kreisten nur noch um dieses Suppengrün und meine Zahnschmerzen erinnerten mich daran, dass ich aufpassen musste, den ungeliebten Zahnarzt nicht zu vergessen.

Mein Unbehagen gegenüber Bohrer und anderen Folterwerkzeugen wurde kurzzeitig wieder verdrängt von den Gedanken an mein Suppengrün. Nicht mal gelbe Petersilie konnte ich auf den Marktständen entdecken.

Wie könnte so ein Päckchen Gemüse eigentlich aussehen? Dick und kurz oder lang und schmal?

Lauch, das wusste ich, ist ziemlich lang. Und rote Karotten dazu, das müsste doch zu erkennen sein.

Um meinen Termin beim Zahnarzt nicht zu verpassen, beeilte ich mich, und saß mit viel Erwartung kurz darauf im Wartezimmer. Unentwegt dachte ich an dieses Suppengrün, das ich auf dem Rückweg nicht vergessen durfte. Außerdem war es dann bestimmt noch frischer.

Unkonzentriert blätterte ich in einer Zeitschrift, da stieß ich auf die Seiten für die Frau. Eigentlich waren das meine Seiten in der nächsten Zukunft, wenn ich an den Deal dachte.

Rezepte - gesund in den Sommer. Was ich dann entdeckte, machte meine Unsicherheit noch größer. Da stand bei einem Eintopfrezept: ... ein kleines Suppengrün! Ich fasste es nicht. Gibt es da tatsächlich unterschiedliche Größen?

Ich konnte die Zeitschrift zuklappen, denn es fiel mein Name, der Behandlungsstuhl wurde für mich freigemacht.

Ich lag unversehens auf dieser „Folterbank" und die nette Arzthelferin – die kannte ich noch gar nicht - band mir das Lätzchen um.

Sie füllte den kleinen weißen Becher zum Nachspülen, aber von meinem „Peiniger" war noch nichts zu sehen.

„Sind sie neu in der Praxis?"

„Ich komme ins zweite Lehrjahr. Ich bin die Manuela!"

„Ich muss sie mal was fragen - wissen sie vielleicht wie groß ein Suppengrün ist?"

„So e Frag hat hier en Patient in seiner Angst noch nie gestellt!"

Manuela schüttete sich vor Lachen fast aus. Und ihr Dialekt, an den ich mich erst langsam herantasten musste, verkleinerte die Kluft zwischen Zahnarzt und Patient auch nicht wesentlich.

Da war das Norddeutsche doch etwas herzlicher und wärmer, jedenfalls kam es mir so vor.

„Erstens habe ich keine Angst, zweitens muss ich es wissen, da ich so ein Suppengrün vom Markt mitbringen soll", erklärte ich Manuela. Da wurde die nette Arzthelferin wieder etwas ernster und gesprächiger.

„Na ja, des is verschieden. Es kommt druff aa, für was für e Gericht se des brauche."

Die Andeutungen, die Manuela mit ihren Händen machte, bewegten sich etwa zwischen 15 und 50 Zentimeter. Die gegeneinander gelegten halbgeöffneten Handflächen deuteten einen Kreis an.
Mal erkannte ich den Umfang einer Leuchtstoffröhre, dann wieder die große Dose Sauerkraut.
Das war also keine dolle Hilfe. Und wie sollte ich wissen, wie viel wir davon brauchen?
Meine Frau hatte nur von einem Suppengrün gesprochen, aber nicht von groß oder klein. Meine fieberhaften Gedanken wurden durch den Arzt unterbrochen.
„Guten Tag! Was macht die Familie? Alles im grünen Bereich? Sie waren schon eine kleine Ewigkeit nicht hier!"
„Wenn ich keine Schmerzen habe, was soll ich dann hier?"
Dies freundliche Gesülze von ihm, bevor er mir weht tut. Außerdem weiß ich, dass er immer versucht, sich an meine Frau heran zu machen.
„Klar, Herr Doktor, alles Suppengrün!"

Er sah die Sprechstundenhilfe an und beide zuckten mit den Schultern. Ich griff mir den kleinen weißen Becher mit Wasser, und spülte schon mal auf Probe.

„Wir haben doch noch gar nichts gemacht", war sein Kommentar.

„Aber mir war so danach."

Wie sollte er auch wissen, dass mich diese Sache mit dem Suppengrün so beschäftigte, dass ich einen trockenen Hals bekam.

Wenn ich das mit dem Suppengrün verpatzen würde, wäre das Mittagessen wohl mehr als gefährdet. Meine Sorgen waren enorm.

Außerdem wäre vielleicht meine zukünftige Tätigkeit als Hausmann in Frage gestellt. Und es war das erste Mal, dass die Sorgen nichts mit dem Zahnarzt zu tun hatten. Eine ganz neue Erfahrung war, dass es verschieden starke Sorgen gibt und eine starke Sorge eine schwächere vertreibt.

Da verlieren sogar Schmerzen ihre Existenz. Die stärkere Sorge stand ohne Zweifel in direkter Verbindung mit meiner Frau. War da etwa Angst mit im Spiel? Ich wehre mich gegen diese Vermutung. Pah ..., Suppengrün!

Das Ende der Behandlung hatte ich gar nicht mitbekommen. Die Spritze machte alles gefühllos, wahrscheinlich auch mein Zeitgefühl.

„So, jetzt können sie spülen. Dass sie das kleine Löchelchen so schmerzte, ist nicht ungewöhnlich.

Darunter verbarg sich eine heftige Entzündung. Den nächsten Termin können wir für ..., sagen wir, in 14 Tagen festlegen. Wenn die Entzündung abgeklungen ist, schließen wir den Zahn. Übrigens können sie ihren Mund jetzt auch wieder schließen."

„Da rufe ich aber vorher erst noch mal an", sagte ich. Wie sollte ich wissen, was in 14 Tagen ist?"

Die Sprechstundenhilfe legte mit einem ganz charmanten Augenverdreher den Stift aus der Hand und schlug etwas lautstark das Terminbuch zu.

„Auch gut, also bis dann – und grüßen sie mir ganz lieb Ihre Gattin."

Schmeichelsack! Denkt der etwa, ich dränge ihn ohne Grund in die Gedankengänge meiner Frau?

Mein Gang zum Markt war von einer gewissen Hektik begleitet. Ich befürchtete fast, dass ich nichts mehr bekomme, da es schon kurz vor Mittag war. Und meine Frau sagte etwas von elf Uhr. Das Warten beim Zahnarzt hatte sie nicht mit eingerechnet. Ich versuchte wieder von weitem etwas zu erkennen, was wie Suppengrün aussieht.

Mir lief die Zeit davon. Ich war mittlerweile so unsicher, wie Suppengrün aussehen könnte, dass ich einfach an einen Stand ging und fragte. Dabei hatte ich aber vergessen, dass ich durch die Behandlungs-spritze beim Zahnarzt eine unförmige dicke Backe und einen verschobenen Mundwinkel hatte.

Der Gemüsehändler sah mich ganz merkwürdig an und kam mit Runzeln auf der Stirn näher an mich heran.

„Habbe se was uff ihr Gusch krieht? Sie sinn so schlecht zu verstehe!"

„Zahnarzt! Gerade eben erst."

Man merkte dem Händler richtig an, dass er davon lieber nichts hören wollte.

„Na dann – mei Mitgefühl!"

Der Händler hatte einen Gesichtsausdruck, wie wenn er in eine seiner Zitronen gebissen hätte. Für mich kam erschwerend hinzu, neben der dicken Backe, dass man mit mir auf dem Markt schonungslos umging.

Alle redeten mit diesem für mich noch immer so fremdartigen Dialekt. Obwohl meine Frau und ich schon vor etwa vier Jahren von Jever nach Frankfurt zogen.

Wir haben noch immer etwas Probleme mit dem Verstehen der Sprache. Aber da mussten wir durch.

Was sollte ich also jetzt, in dieser „Suppengrünfrage" sonst tun, als das Risiko einzugehen, nichts zu verstehen?

„Wie viel wolle se dann? Ich stell ihne ihr Sach frisch zusamme, die Fertige sin all verkaaft."

„Wie viel ich will? Packen sie doch einfach eins zusammen, so wie …, wie sie die …, wie sie halt so ein Suppengrün sonst auch verkaufen."

„Manchmal nehme die Leut abber aans oder zwaa Stick - kimmt druff aa. Wann ich des jetzt neu mache muss, nemm ich gleich so viel, wie se habbe wolle!"

Da ist was dran, da hatte der Mann Recht.

„Aber ich weiß nicht, wie viel ich … äh, wie viel meine Frau braucht."

„Was will se dann koche, die gut Fraa?"

„Ich gestehe, auch das weiß ich leider nicht."

„Eieiei, des is ja ebbes! Will se vielleicht e Supp mache?"

„Vielleicht?!"

Da weiß also noch ein Mann, wie man kocht und was dazu gebraucht wird. Das macht Mut. Meine Lernbereitschaft stieg enorm. Nur meine Geduld, etwas so Simples wie Suppengrün zu kaufen, sank auf den Nullpunkt. Bringe ich zu wenig mit, fehlt etwas am Essen. Ist es zu viel, gibt es wohl zwei Tage Suppengrün. Außerdem strengte es mich gewaltig an, dem ohne Zweifel freundlichen Mann, immerhin mit zwei Armen, zuzuhören und alles zu verstehen.

Inzwischen bediente der eine andere Kundin, da ich nicht wusste, was ich wollte. Sie ratterte ihre Bestellung runter: *„E Pfund Petersilie, en Sellerie, fünf Stange Lauch und e Kilo Karotte – un noch e Pfund Broccoli.“*
Sie verstaute alles in ihrem Korb, und schon war sie fertig. Beneidenswert.

„Darf ich sie mal etwas fragen?“
„Ei nadierlich, kost ja nix! Ihne geht's wohl net so gut? Sie sehn e bissi uffgedunse aus. Brauche se e Schmerztablett?“
„Nein, ich wollte ganz was anderes fragen. Wie viel hat ein Suppengrün? Was muss da alles drin sein – in so einem Bund?“
„Drin is gut, dran meine se sicher. Petersilie, die Hälft von er groß Karott, e Stick Sellerie un noch en klaane Lauch!“
„Eine halbe Karotte?“ Meine Frage klang wie ein Hilferuf.
„Sie sollte sich net so viel Gedanke um Gemüs' mache. Sie sollte lieber Brei löffele, bei ihne ihrer dick Back'!“

Dazu schüttelte sie den Kopf und ließ mich einfach stehen, und der Händler kümmerte sich wieder um mich.
„Habbe se sich jetzt entschlosse?“, fragte der Händler. Er war sichtlich genervt und fordernd zugleich.

„Tja – ich denke schon! Ein halbes Pfund Karotten, zwei Stangen Lauch, einen Kohlrabi, einen Sellerie und ein Bund Petersilie – die aber frisch!“
„Horche se mal, ich hab' alles nur frisch!“
„Natürlich - Entschuldigung. Sie haben aber zwei Arme!“
„Was hat en des dademit zu tun?“

Wortlos und kopfschüttelnd packte er meine Bestellung ein. Warum sagte meine Frau dann was von „bitte nicht so gelb", wenn doch alles frisch ist?
Diese Frage behielt ich aber für mich. Ich klemmte die Tüte unter den Arm und war nun endlich mit meinem Einkauf auf dem Heimweg und halbwegs zufrieden, den Auftrag erfüllt zu haben.
Der Einkauf war ziemlich gewichtig, aber dafür hatte ich auch alles. Etwas mehr, als Frau vielleicht braucht – aber immerhin.

„Du bist aber spät, Liebling. Und du siehst so komisch aus. War das der Zahnarzt oder der Gemüsehändler?"
Der Humor meiner Frau war ganz schön anstrengend. Ich musste mich zusammenreißen, dass ich nicht ..., weg mit den bösen Gedanken - lieber nicht.
„Hat der Arzt Grüße an mich gerichtet?"
„Als du das letzte Mal bei ihm warst, glaubte er erkannt zu haben, dass du an den Hüften etwas zugelegt hättest. Ich dementierte das natürlich energisch. Und dann murmelte er noch etwas. Vielleicht waren das Grüße, aber ich habe das nicht so genau verstanden."

Den säuerlichen Gesichtsausdruck meiner Frau möchte ich nicht weiter kommentieren.
„Das hat ja ganz schön gedauert. War viel an den Zähnen zu reparieren? Was hast du denn da alles eingekauft?"

„Suppegrün zum selber mache!"
„Was? Hätte ich gewusst, dass du den halben Gemüsestand kaufst, wäre ich heute Nachmittag selbst noch gegangen. Die Suppe konnte ich heute sowieso nicht mehr machen. Ich musste mir etwas anderes ausdenken. Wie redest du eigentlich?"

Die Frage meiner Frau klang ziemlich vorwurfsvoll, dabei war ich doch so in meinem Element, mit der Lust am neu entdeckten Frankfurter Dialekt.
Ich musste schlucken, denn wenn ich das Suppengrün jetzt vergessen hätte, wäre die Frage meiner Frau noch viel vorwurfsvoller ausgefallen.
Ich kam zwar zu spät, aber mit Suppengrün. Mein Unwohlsein und meine Sorgen hatten also doch einen triftigen Grund. Ich verbarg meine Enttäuschung und sagte zum Thema Suppengrün gar nichts mehr.

Und nun stellten sich zu allem Überfluss auch noch Zahnschmerzen ein. Die Spritze hatte nachgelassen und der behandelte Zahn machte sich bemerkbar. Ich hatte ganz die Entzündung vergessen und kramte die Tabletten aus der Tasche, die der Arzt mir mitgegeben hatte.
Weiß für den Tag, hellblau für die Nacht.
Man könnte den Eindruck gewinnen, das Leben richtet sich nach Farben. Bei der Beseitigung von Schmerzen scheint es wohl so zu sein.

So klein wie ein Suppengrün ist, kann es einen Mann in große Nöte bringen

UND WO SIND DIE KIWIS?
Ein Obstsalat mit Tücken

Hausmann hin, Hausmann her, man ist und bleibt ein Exot. Beinahe wäre mir ein anderes Wort mit der Endung „ot" eingefallen. Warum bloß tun sich manche Frauen so schwer damit, einen Mann in ihren angestammten Bereichen zu akzeptieren? Von Männern verlangen es die Frauen doch anders herum auch!
Die Frauen sollten sich ihr mitleidiges Lächeln für den Fall aufheben, wenn sie vor einem Werkzeugschrank stehen, um einen Engländer zu holen – oder eine Winsch.

Über eines waren wir uns von vornherein einig. Der Mittwoch ist der Tag, an dem ich die Familie versorge, also den Hausmann spiele. An diesem Tag kann meine Frau das tun, was sie sonst nicht oder nur ganz eingeschränkt machen kann. Friseur, Bummeln gehen, Kino, Fitness-Studio oder Faulenzen, mit der liebsten Freundin quatschen.
Der Mittwoch gehörte mir! Das spielte sich im letzten Jahr wunderbar ein und im Büro passiert an dem Tag am wenigsten; den verbleibenden Rest habe ich vorher delegiert. Ich bin inzwischen leidenschaftlicher Hobbykoch und liebe es, die Familie mit ausgefallenen Dingen zu verwöhnen.
Und den Mittwoch habe ich hauptsächlich deswegen gewählt, weil dann immer Markttag ist. Und dieses Vergnügen lasse ich mir nicht nehmen.
Es lieferte mir nämlich immer Stoff für meine Publikationen. Es war das Vergnügen, den Frauen an diesen Tagen zu begegnen, in ihrem so vertrauten, so uneingeschränkt beherrschten Lebensbereich.

68

Dass ich dann auch noch alles ganz frisch bekomme, direkt von der Scholle des Erzeugers, geschmacklich durch nichts zu ersetzen, macht diese Marktbesuche zu einem zusätzlichen Erlebnis.

Unsere kleinste Tochter Julia freut sich schon immer auf diesen Tag, da es dann auch mal etwas ganz Ausgefallenes zu den Mahlzeiten gibt. Und ein solcher Tag sollte es heute auch wieder werden.

Mit den Worten: „Heute Abend würde ich gern einen Obstsalat essen", hat meine Frau die Weichen für den Vormittag gestellt.

Da meine Frau frischen Obstsalat schätzt wie ihren gefütterten Mantel an kalten Wintertagen, kommt es ihr sehr entgegen, dass ich den Obstsalat aus der Dose hasse. Selbst gemacht ist der Kick.

Also habe ich geplant, nachdem ich unseren „Bestimmer", so nenne ich unsere Tochter Julia manchmal, im Kindergarten abgegeben habe, auf dem Markt meine Einkäufe zu tätigen.

Allein die Atmosphäre und der Geruch der absoluten Frische, macht schon Lust auf den Einkauf. Allerdings entlockt diese Meinung meinen Freunden nur ein müdes Lächeln. Ich stehe da ziemlich allein auf weiter Flur.

Die kleinen Erlebnisse am Rande, wie ein Treffen mit dem pensionierten Nachbarn, der darüber stöhnt, dass er ein Brot holen muss, fallen in die Kategorie der Nebensächlichkeiten.

Ich halte mich an den Markttagen auch nicht unnötig auf, denn Tratsch mag ich überhaupt nicht – zumal es verlorene Zeit ist. Entscheidend ist allein, dass ich genau weiß was ich will. Das unterscheidet mich von den vielen Sopranstimmen um mich herum – manchmal.

Tochter Julia lieferte ich also im Kindergarten ab und habe gleich anschließend den Weg zum Marktplatz eingeschlagen.

Nach dem Motto, der frühe Vogel fängt den Wurm, kam ich sogar noch in die Aufbauphase der Marktstände und schaute mal hier und mal da, was es denn bei wem heute Besonderes gibt.

Die Sonne kam an diesem Mittwoch schon sehr früh, sehr stark aus den Wolken hervor.

Es war bereits angenehm warm und die vielen Wespen hatten auch schon die Möglichkeit für sich entdeckt, größere Versammlungen auf den Früchten abzuhalten und sich zu versorgen.

Der türkische Händler, bei dem ich sehr gerne meine Obstsalatzutaten hole, stellte mitten im Obstzentrum seiner Auslagen eine kleine Steige mit matschigen oder angefaulten Früchten auf, um die Heerschar von Wespen abzulenken und vom anderen Obst fernzuhalten. Es klappte aber nur bedingt. Diese kleinen Biester dachten da anders und orientierten sich ihren eigenen Vorstellungen entsprechend. Man könnte den flinken Gesellen länger zuschauen, aber der Wunsch meiner Frau trieb mich vorwärts.

Ich stellte mich in eine Reihe und musste warten, bis zwei Frauen vor mir ihre Fragen gestellt hatten.

„Warum gibt's des heut net - ... sin die Melone gespritzt? - ... habbe se net e paar grüne Banane? – wieso sin die Tomate schon so weich?" ..., und so weiter.

Einem inneren Befehl gehorchend, schubsten die hinter mir stehenden Frauen „sanft" den Einkaufskorb gegen meinen verlängerten Rücken, um die Reihe der Anstehenden nach vorn in Bewegung zu halten.

Der eigentliche Grund war eher die stille Frage: „Was wollen sie denn hier? Hat ihre Frau keine Zeit für den Einkauf?"

Es ist fast nichts nerviger, als eine ungeduldige Frau beim Einkauf, wenn man als Mann dazwischen gerät. Besonders dann, wenn sie glauben, dem armen Alleingelassenen zu Hilfe kommen zu müssen, da er von der Ehefrau nicht mit den nötigen Informationen zum Markt geschickt wurde.

„Se müsse die Salatkartoffel nehme, die annern verkoche zu schnell!"
„Gute Frau, mein unumstößlicher Wunsch, ja mein Wille ist es gerade, dass ich heute ausgerechnet selbst gemachten Kartoffelbrei haben möchte. Und da denke ich, ist das doch egal."
Sie blickte böse und beleidigt. Weitere fachliche Hinweise in Bezug auf Obst und Gemüse überhörte ich einfach. Außerdem ist mein türkischer Verkäufer sehr flink und ich kam schon dran. Das war so plötzlich, dass ich überlegen musste, was ich alles wollte. Das ist wie in ein schwarzes Loch fallen.

Meine Dränglerin von vorher sprach mich auch prompt an.
„Habbe se de Eikaafszettel von ihrer Fraa net eigesteckt?"
„Ich brauche keinen Zettel!"
„Abber wie soll des gehe? Bis sie fertig sin, is doch de Vormittag rum. Ich muss auch e mal fertig werrn!"
Dass just in diesem Moment die Glocken der nahe gelegenen Kirche schlugen, veranlasste mich laut mitzuzählen.
Dies wiederum veranlasste die besorgte Dame, mir ein sehr bissiges Gesicht zu zeigen.
„Neun Uhr! Das mit dem Vormittag, der fast rum ist, ist wohl etwas sehr weit her geholt!"
„Ich seh nur, dass mer die Zeit devon lääft!"

Na ja! Ich sagte meinem türkischen Händler rasch, dass ich noch mal wiederkomme und machte den drängelnden Damen Platz. Die fünf Minuten, die ich angestanden habe, machten den Kohl auch nicht fett.
Ich beneidete den Mann, der um die Ecke auf dem Gehweg vor dem Stand saß – direkt unter den Bananen. Der hatte Zeit. Er machte Frühstück. Ein Plastikbecher mit Kaffee und ein Brötchen. Er genoss das einfach.

Nein, ich lass mich nicht von den Frauen anstecken, ich habe doch eigentlich genügend Zeit. Es war noch so früh. Ich konnte ganz in Ruhe die Zutaten für den Obstsalat besorgen.
Die Sonne schien immer stärker und auch die Wespen wurden immer mehr und lästiger.
Der Stand, den ich ebenfalls gerne besuchte, war ein ganz besonderer. Es ist ein Bauer aus der Gegend, er hatte immer die besten Äpfel, Birnen und Pflaumen. Dazu Tomaten und frische Kräuter. Das war's, aber exzellent.
Das auffällige Schild am Stand befiehlt in großen Lettern, dass man bitte nichts anfassen solle und es keine Selbstbedienung gäbe. Typisch deutsch, dachte ich!

Ich sah mich etwas um, und meine Augen schweiften über die Auslagen. Vor den Birnen stand eine Frau, etwa im Alter meiner betagten Mutter, und sie prüfte ohne hinzusehen die Festigkeit der dicken Birnen.
Sie hatte ausgesprochen gepflegte Hände. Die kräftigen Fingernägel in einem dezenten rosa lackiert, und ein goldenes breites Armband umschloss ganz locker ihr Handgelenk.
Eine ganz attraktive Erscheinung, diese Kundin. Sie musste aufpassen, dass man sie nicht sieht, wegen ...
>Bitte nichts anfassen<!

Ihr Blick wanderte ablenkend, dabei grüßte sie noch freundlich nickend eine Nachbarin. Ihre Hände aber prüften die Birnen.
Plötzlich verzog sie das Gesicht, wie von Ekel erfüllt. Ihre Attraktivität verlor augenblicklich ihren Glanz.

Sie drehte sich vom Stand weg und nestelte in ihrer Handtasche herum. Sie hatte mit dem Daumen bis zur Handfläche in einer sehr weichen Birne gesteckt. Der obstverschmierte Daumen musste wieder gereinigt werden. Meine Schadenfreude war außerordentlich.

Als ein Mann, unauffällig an einen Baum gelehnt, ihr bei der Aktion zusah und lächelte, verzog sie die Mundwinkel und ging, den Kopf in den Nacken werfend, mit schnellen Schritten davon.
Die Äpfel für den Obstsalat hatte ich im Korb und machte mich wieder auf den Weg zum Türken.
Im Geiste rief ich schon meine Obstsorten ab: Orangen, Bananen, Kiwi, Ananas, Pfirsiche, Trauben.

Plötzlich stand mein Nachbar neben mir.
„Gude! Sag e mal, du kennst dich doch e bissi aus!"
„Wenn ich jetzt noch wüsste, um welche Sache es sich da handelt?"
„Horch, mei Fraa hat mich vorhin angerufe un gesagt, ich soll drei große Zitrone vom Markt mitbringe.
Saublöd, dass mei Büro grad gescheübber is!"
„Hast du die Zitronen bekommen? Befinden die sich in der Tüte, die du da so verkrampft festhältst!"
„Ei ja – ich wollt doch nur wisse, ob die net zu teuer war'n! Was kost' dann so e Zitron normal? Glaubste, dass der Türk mich über de Tisch gezoge hat?"
„Was haben deine drei Zitronen denn gekostet? Lass mich mal sehen. Mach die Tüte doch mal auf."

„Ich mein, so 3,40 Euro. Mei Fraa hat was von e paar Cent gesagt!"
Vorsichtig öffnete mein Nachbar seine Tüte und ließ mich hineinsehen.

„Groß sin se ja, aber de Preis …?"
Er sagte das fast entschuldigend. Er tat mir schon ein bisschen leid. Jetzt wusste ich, was ich noch für den Obstsalat brauchte.
„Du hast Grapefruit gekauft! Der Türke nimmt dir die wieder zurück."
Nun machte er ein Gesicht, als ob er in eine Zitrone gebissen hätte. Das erklärt nun auch, warum Frauen in solchen Situationen sagen: Männer!
„Du kannst dich trösten, denn sauer sind die auch", sagte ich ihm.

Der Mann unterhalb der Bananen saß noch immer da und blickte freundlich in die Gegend.
„Osman, sag mal, der Mann da an den Bananen, der war doch vorhin schon…"
„Der immer da. Wenn Marktzeit fertig, ich mache Preis für Bananen ganz klein. Dann er kauft zwei Stück!"
„Gib mir auch mal sechs schöne."
„Habe ich nur schöne, oder?"
Ich packte alle meine Obstsorten in den Korb und bezahlte. Diese Wespen flogen dabei sogar direkt in meine Geldbörse. Ich kann nicht sagen, dass ich der beste Freund dieser Spezies bin. Aber wenn man sie in Ruhe lässt…
„Na, is ihne doch noch alles eigefalle?"

Es war die Frau, die mich so bedauerte, weil ich gar keinen Zettel dabei hatte. Mein gefüllter Korb machte sie sichtlich zufrieden, weil ich es geschafft habe. Rührend.

Ein Kontrollblick meinerseits bestätigte mir, dass die Frau Recht haben musste. Ich hatte alles.

Die Wespen, die mich begleiteten, verscheuchte ich vehement und verstaute mit einer Überraschungsbewegung den Korb im Auto. Nicht eine Wespe konnte da folgen. Das zeichnet einen Mann aus. Strategisches Handeln.

Bis zuhause habe ich geflucht, nicht mal ein Handtuch im Auto zu haben. Die Hitze, so früh am Tag, verursachte breite Rinnsale, von der Stirn bis zum Hals. Zuhause stellte ich mich erst einmal unter die Dusche. Mein nächster Wagen wird eine Klimaanlage haben. Ich schwöre es!

Fürs Mittagessen plante ich einen frischen italienischen Salat mit Weißbrot. Da meine Frau bei ihrer Freundin weilte und erst am späten Nachmittag zurück sein wollte, durfte der Salat auch mit Käse versehen werden. Unsere Tochter Julia war da recht unkompliziert.

Julia war pünktlich vom Kindergarten gekommen und wir genossen unter dem Schatten spendenden großen Sonnenschirm auf der Terrasse den Salat. Bei solchen Gelegenheiten erzählt sie mir dann immer die neuesten Geschichten aus dem Kreise ihrer Horde.

„Heute kam ein kleiner Zirkus in unseren Kindergarten!"

„Der ganze Zirkus, oder nur ein paar Leute mit Tieren?"

„Ein paar Leute mit ganz tollen Ponys. Wir durften an der Leine im Kreis reiten."

„Du meinst an der Longe gehen."

„Nein, wir sind geritten, das Pony hing an einem langen Seil aus Leder!"

„Natürlich, mein Schatz. Hat es Spaß gemacht?"

„Klar, ich hatte einen ganz lieben Fuchs-Hengst. Er hieß Geronimo. So einen möchte ich auch mal haben."

„Woher weißt du denn, dass du auf einem lieben Hengst reiten durftest?"

„Papaaaa! Ein Hengst hat doch ganz dicke Haarbüschel an den Hufen. Da erkennt man das dran."

Sie erzählte mir aufgeregt den ganzen Kindergarten-vormittag und ich musste eine Menge über die Longe und den Unterschied zwischen Hengst und Stute lernen.

Nachdem auch meine Frau etwas pünktlicher als geplant wieder da war, und wir die wichtigsten Dinge besprochen hatten, bin ich wieder in die Küche entschwunden, denn für den Abend war ja noch Obstsalat vorzubereiten, der große Wunsch meiner zwei Frauen. Und diese Wünsche sind immer mittwochs meine Lust!

Das größte Problem, bei den Arbeiten in der Küche, sind die vielen Kleinigkeiten, die eine hingebungsvolle Bereitschaft, etwas zu zaubern, gewaltig stören. Kleinigkeiten können Katastrophen auslösen. Und nun war es passiert.

Eine Wespe hat es geschafft, in der Küche ihre Flugkünste unter Beweis zu stellen.

Nun zeigte es sich, dass wir gegensätzliche Naturen sind - meine Frauen und ich. Erstens macht mir eine Wespe nicht so viel aus, ich ignoriere sie. Zweitens können meine Frauen damit nicht existieren, bis der Störenfried erledigt ist. Nun muss ich ja noch froh sein, dass es nicht eine Spinne war.

Bei Entdeckung eines solchen, gewöhnlich ganz still sitzenden Wesens, ergreift schleichende Panik meine Frauen. Die gemeinsame Nutzung eines von diesem Tier besetzten Raumes ist undenkbar.

Die Aversion ist einfach nicht zu beseitigen.

Da meine Frauen auch nicht dabei sein möchten, wenn ich auftragsgemäß meine Killertätigkeit ausführe, haben diese Tiere eine 100%ige Überlebenschance.

Nach der „Tat" fragen dann meine Frau und Julia im Duett: „Ist sie weg?"

„Natürlich – und sie war ganz schön fett!"

Kräftiges Körperschütteln mit einem begleitenden „Uaahh", beendet diese Unterhaltung ganz abrupt.

Julia machte die Wespe zum Gesprächsthema.

„Papa – siehst du das Biest nicht? Wo ist die Klatsche?"

„Da drüben auf dem Tisch, klatsch aber nicht daneben."

„Mama - komm doch mal - hilf mir mal."

Mir will es nicht in den Kopf, dass man wegen einer Wespe einen solchen Aufstand macht, und eine gewalttätige Aktion ins Leben ruft, um den häuslichen Frieden wieder herzustellen.

„Mein Schatz, die Mami ist doch müde", sagte ich.

Aber Mami war schon da.

Bei der Gefahr, in der sich die Tochter befand, war der Beschützerinstinkt der Mutter beflügelnd.

„Oh je, wenn die sticht!" Mit dieser Bemerkung steigerte sie die Angst unserer Tochter noch.

„Aber nur, wenn du sie übermäßig ärgerst. Beachte sie doch gar nicht!"

„Glaubst du, ich möchte, dass Julia so einen Fuß bekommt, wie Judith nebenan. Die konnte drei Tage keinen Schuh anziehen."

„Bei dem Wetter trug sie doch nur offene Sandalen oder ging barfuß. Und warum sollte die Wespe sich ausgerechnet den Fuß von Julia für einen Stich aussuchen?"

Mein Argument zog aber nicht, und die ersten Schläge gingen total daneben.

„Warum setzen die Biester sich nicht mal hin? Die müssen doch mal Pause machen", sagte meine Frau mit Enttäuschung und Wut.

Ich wollte dieses Thema aber auf keinen Fall ausweiten. Ich hatte inzwischen eine große Schüssel mit geschnittenem Obst halb gefüllt. Was interessierte mich die Jagd nach der Wespe. Bei dem wilden Tanz meiner Frauen hatte sie gar keine Chance, sich mal zu setzen.

Und wenn, dann gewöhnlich an einer Stelle, auf die man mit einer Klatsche besser nicht schlagen sollte.

Es bleibt einem dann nur, die Wespe auf einen anderen Platz zu schubsen.

Mit freundlichen Worten und unaufdringlich. Aber mit dem hinterhältigen Gedanken, dass man sie dort gezielt erledigen kann. Dabei ist die Freundlichkeit meiner beiden Frauen, gegenüber der Wespe, sich bitte einen anderen Platz auszusuchen, nicht zu überbieten.

„Komm her - du liebe kleine Wespe. Setz' dich doch mal hier auf den Tisch - nur zum Ausruhen."

Dabei folgte meine Frau dem Insekt in Zeitlupe, ganz darauf bedacht, keine hastige, zu voreilige Bewegung mit der Klatsche zu vollführen. Unauffällig ein „La-la-la-la" auf den Lippen, wollte sie die Wespe in Sicherheit wiegen.

Es war zu drollig mit anzusehen, wie sie mit weit offenen Armen der Wespe den Weg abschneiden wollte, um sie in eine Ecke der Küche zu drängen.

So, wie man ein entlaufenes Huhn wieder in den Stall bugsiert. Und als ob sie das wüsste, was man sich für sie ausdachte, setzte sie sich mitten in die Schüssel auf eine halbe Weintraube.

Meine Frau holte aus zum alles entscheidenden Schlag und wurde wütend, weil ich ihr den gehobenen Arm festhielt.

„Warum, um alles in der Welt, setzt die sich dahin, wo man sie nicht schlagen darf?"

„Ich weiß es nicht, aber siehst du, wie sie grinst?"

„Warum veralberst du mich so? Ich finde das nicht lustig!"

Wenn ich an dieser Stelle meine Zunge nicht zügeln würde, wäre der Abend gelaufen. Also hielt ich mich ab sofort zurück. Dieser Wespe sollte nicht die Entscheidung zufallen, ob in der Familie Krieg oder Frieden herrscht. Das nicht. Meine Frau nahm unsere Tochter, drückte mir die Klatsche in die Hand und entschwand auf die Terrasse, etwas wütend über meine Bemerkung.

„Wenn ich nachher, also später am Abend, wieder in die Wohnung komme, ist sie bitteschön tot!"

Dies war eine ebenso klare wie unmissverständliche Forderung.

Hätte die Wespe das verstanden, sie hätte wie ein Delinquent nach der Urteilsverkündung gezittert.

Sie jedoch zog weiter in einem Zick-Zack-Kurs ihre Kreise und ignorierte diese ernst gemeinte Drohung meiner Frau. Ich war also als Vollstrecker gefordert. Scheußlich!

Aber das hat sich nach ein paar Minuten von selbst erledigt. Die Verurteilte ist durch das gekippte Küchenfenster geflüchtet.

Mein Obstsalat ging der Vollendung entgegen. Etwas Vanillepulver und ein Schuss Obstler runden den Geschmack meines Obstsalates immer ab. Julia steckte den Kopf durch die Tür: „Papa, ist die Wespe noch da?"

Die untergehende Sonne genossen wir auf der Terrasse bei einem Glas Wein. Es war eine wundervolle Abendstimmung.

Obstsalat verteilen war immer eine richtige Zeremonie. In Erwartung der Köstlichkeit gab es schon Beifallsbekundungen, wenn die Glasschale und die Löffel auf den Tisch gelegt wurden. Der erste Löffel in den Mund, zurückbeugen - „Hmmm!"

Und dann: „Papa, wo sind eigentlich die Kiwis?"

„Stimmt, Julia hat Recht, wo sind die Kiwis?", meldete sich auch meine Frau.

Mein Gott, jetzt fällt mir wieder die Frau vom Markt ein, deren Worte mir immer noch in den Ohren liegen, oder besser, klingen: *„Habbe se de Eikaafszettel von ihrer Fraa net eigesteckt?"*

„Das nächste Mal, meine Liebe, schreibst du mir bitte einen Zettel."

Meine Frau schaute auf meine Bemerkung, die ihrer Meinung nach völlig überflüssig war, etwas überrascht drein. Julia reagierte weiter gar nicht darauf und löffelte genüsslich ihren Obstsalat.

SCHUTZKONTAKTSTECKDOSE KAPUTT, DU VERSTEHN ?

Manchmal ist es anders als es aussieht

Festgefahrene Meinungen und strenge Verhaltensmuster, die sich hartnäckig behaupten, können zuweilen zu peinlichen Situationen führen.
Für alle Betroffenen eine lehrreiche Erfahrung. Nicht auszudenken, träfen da zwei Menschen aufeinander, die zusätzlich von Vorurteilen zerfressen sind und noch Hitzköpfe dazu.
Manchmal werden solche Beinahe-Auseinandersetzungen nur durch eine Sprachbarriere verhindert.
Manchmal!

„Walter, wenn ihr morgen früh die Küche bei diesem Ugandaner anliefert, dann denk' bitte dran, dass du dabei bleibst."
„Weshalb denn das?"
„Du sprichst Englisch, deshalb bleibst du mit dabei. Falls es Fragen und Probleme geben sollte. Ich habe keine Lust, wegen eines nichts sagenden Problems da noch mal jemanden hinzuschicken. Es sind fast 100 km - ein Weg!"
Das war gut durchdacht. Unser aller Chef in einer Küchenbaufirma stand ständig unter Strom und lebte mit der manchmal begründeten Angst, dass Kunden nicht ganz zufrieden gestellt werden konnten.
Und mich machte es manchmal unzufrieden, zwei Sprachen zu sprechen. Ich bin mir sogar fast sicher, dass unser Chef den einen oder anderen Auftrag nur annahm, weil er auf mich zurückgreifen konnte.
Unsere Firma war in direkter Nähe einer amerikanischen Soldatensiedlung. Diese Tatsache sicherte sogar meinen Arbeitsplatz.

Wir hatten Kunden, die nur kamen, weil sie in ihrer Sprache verstanden wurden, was mir wiederum nicht unangenehm war. Also fluchte ich nur ganz, ganz leise, wenn auf mich außerplanmäßige Arbeiten zukamen.

„Kann der Kunde gar kein Deutsch?"
„Weiß ich nicht genau. Wahrscheinlich nur Kesihelia oder so ähnlich. Aber in der Auftragsabteilung sagten sie, dass er auch Englisch kann."
„Also gut. Wann fahren die morgen los? Übrigens heißt das Ugander – nicht Ugandaner und Kisuaheli, statt Kesihelia", sagte ich. Aber interessiert hatte es den Chef nicht.
Manchmal sind die Aufträge wirklich besser zu erfüllen, wenn man eine zusätzliche Sprache beherrscht. Auch die Ausländer fühlen sich besser betreut und bleiben gerne Kunden des Unternehmens.
Einen Kunden aus Uganda hatten wir allerdings noch nie.
Ich überlegte, wie jemand aus Uganda bei uns in Deutschland eine Küche bestellen konnte.
Ich ertappte mich dabei, dass ich mir vorstellte, wie ein schwarzer Afrikaner am Herd steht und kocht.
Warum nur kann man sich das nicht vorstellen? Das war wie beim Judo, da denkt man auch als erstes an schlitzäugige, lächelnde Asiaten. Dabei kann die halbe Welt Judo.
Eigentlich gibt es nur zwei Möglichkeiten bei dem Kunden aus Uganda. Entweder ist er schon lange hier und kann Deutsch, oder er ist ein Studierter – und kann außer der Muttersprache noch Englisch und … na ja, das reicht schon.
Aber wieso soll Kochen etwas mit der Sprache oder der Intelligenz zu tun haben?

Es gibt, wie überall auf der Welt, den Normalbürger, ohne Uniabschluss und Fremdsprachenkenntnis, der kochen kann und muss. Gegessen wird in allen Kulturen.

An einen Asylanten wollte ich nicht so recht glauben. Und woher soll der das Geld für eine Küche haben, die immerhin 7.000 Euro kostet? Bezahlt war sie außerdem. Aber weshalb machte ich mir darüber eigentlich Gedanken?

Ich hatte mich entschieden, meinen eigenen Wagen zu nehmen und konnte deshalb etwas später abfahren, als die Monteure mit dem Lkw.

Als ich in die Straße einbog, wo die Küche angeliefert werden sollte, gingen gerade die Bremslichter unseres Lkw aus. Das war Timing. Ich war nicht zu früh und nicht zu spät. Wir waren noch nicht alle ausgestiegen, da stand unser dunkelhäutiger Kunde bereits in der Tür und war erfreut darüber, so pünktlich beliefert zu werden.

Bevor er überhaupt etwas sagen konnte, ging ich in die Offensive und begrüßte ihn auf Englisch und fragte ihn, wo der Einbauort der Küche sei.

Er stutzte zwar, verstand aber jedes Wort, denn seine Antwort in Englisch kam prompt, exakt und flüssig. Erfreut über die Einfachheit der Verständigung kamen wir richtig ins Gespräch.

Er kam hierher aufs Land mit ein paar Landsleuten, drei Frauen und vier Männern, die eine engagierte Gruppe bildeten und für politische Veränderung in ihrem Land eintraten. Sie wollten oppositionell arbeiten und durch Vorträge und musikalische Veranstaltungen für ein anderes, freieres Uganda werben. Finanzielle Einnahmen sollten in Uganda gezielt eingesetzt werden. Gegen die Rekrutierung von Kindersoldaten und für Schulen.

Diese Gruppe mietete ein kleines Haus auf dem Land an und wurde von Sympathisanten dabei unterstützt.

Wie ich bei dem Gespräch mit dem Mann feststellte, hatte er eine sehr gefestigte Meinung und strahlte Wissen und Intelligenz aus. Er war eine gepflegte Erscheinung und seine Landsleute würden dem Bild ebenfalls entsprechen. Davon war ich überzeugt.

Mit der Kücheneinrichtung gab es keine Probleme, und alles lief wie am Schnürchen. Ich gesellte mich eine gewisse Zeit zu unseren Arbeitern, denn mein afrikanischer Gesprächspartner musste im Ort einige Besorgungen machen, dazu noch die Anmeldung der ganzen Gruppe beim Einwohnermeldeamt der Gemeinde erledigen.
 Hilfe lehnte er dankend ab. Ich war fast beleidigt, nicht helfen zu dürfen, dachte ich doch, er könnte Schwierigkeiten bekommen.
Denn Englisch in unseren Behörden? Ich denke lieber nicht dran.
Unsere Küchenmonteure hatten natürlich auch das Thema, weshalb einer aus Uganda ein Haus mieten und eine Küche für mehrere tausend Euro kaufen könne. Ich ließ sie reden und hörte einfach nur zu.
 „Wieso braucht der eigentlich vier Kochplatten?", fragte einer.
 „Vor allen Dingen eine Spülmaschine. Ich dachte, dass die im Urwald von großen Blättern essen", lachte er.
 „Soviel Geschirr, wie der da einräumen könnte, kann der gar nicht benutzen. Er wird das auch gar nicht haben."
 „Ede – weißt du, was mich interessieren würde? Was macht der mit der Mikrowelle? Weiß der überhaupt, was das ist?"
 „Der gart seine dicken Raupen drin!"
Eigentlich wollte ich gerade etwas zu dieser bescheidenen Unterhaltung beitragen, aber unser Mann aus Uganda kam wieder zurück.

Ich fragte ihn, ob er alles erledigen konnte.

„No problem at all", war seine prompte Antwort. Ohne Probleme bei der Behörde, ich glaubte es kaum. Ich erklärte ihm, dass wir nach dem Einbau eine Abnahme durchführen, wobei dann auch gleich alle Elektrogeräte überprüft würden.

Inzwischen zeigte mir der gute Mann alle aus der ugandischen Heimat importierten Musikinstrumente, mit denen man bei den Auftritten etwas Folklore vorführen wollte.

„Music and dance from our Hinterland!"

Man merkte, dass es eine Herzensangelegenheit war.

„Woher wissen sie denn, was ein Hinterland ist?", fragte ich erstaunt. Da lernte ich, dass es in Englisch kein Wort dafür gibt, außer dem deutschen Wort.

War mir zwar peinlich, aber ich lernte wieder etwas dazu.

„Herr Walter, wir sind soweit fertig. Sie können die Arbeit abnehmen", sagte mein Vorarbeiter.

Ich hatte den Ugander gebeten, mit in die Küche zu kommen. Und nun standen wir also in der Küche, der Ugander, meine drei Monteure und ich.

„Herr Walter, sie hätten uns gereicht für die Abnahme, der versteht das doch gar nicht!"

„Erzählen sie nicht so einen Unsinn. Ihre Annahme ist überhaupt nicht begründet und geeignet für einen heftigen Widerspruch. Halten sie sich etwas zurück!"

„Wenn sie meinen, Herr Walter!"

Ich sagte dies, da ich einfach spürte, dass unser Kunde aus Uganda das nicht verdient hatte. Der Blick zu unserem Kunden, vom Vorarbeiter mit einem freundlichen Grinsen begleitet, war so ganz entgegengesetzt zu seiner unqualifizierten Vermutung. Der Ugander lächelte zurück.

Es entspannte die Situation, da in mir doch etwas Unbehagen aufge-kommen war.

Als ich die Funktion der Schranktüren prüfte, nahm unser vorlauter Vorarbeiter die Gelegenheit wahr, um von sich aus dem Kunden etwas zu sagen.

„Du kommen, du gucken. Lucki lucki machen!"

„Lucki, lucki?", fragte er erstaunt.

„Ja. Hier unten in Schrank, gucken!"

Beide streckten die Köpfe durch die Schiebetüren des Spülenschrankes und knieten auf dem Boden.

„Schutzkontaktsteckdose kaputt - du verstehen? Morgen Elektriker kommen – neu machen!"

Es ging alles so schnell, dass ich gar nicht reagieren konnte. Der Vorarbeiter und der Ugander zogen ihre Köpfe aus dem Unterschrank und stellten sich wieder aufrecht.

Was ich dann hörte, trieb mir erst die Schamröte ins Gesicht, dann aber hätte ich vor Vergnügen fast in die Hose gemacht. Lautes Lachen konnte ich gerade noch unterdrücken.

Denn unser schwarzer Mann aus Uganda sagte: „Ich dachte erst, dass ich heute nicht kochen könne. Ich habe nämlich vorhin Rouladen, eine Packung Klöße und Rotkraut gekauft. Mein Lieblingsgericht. Dafür sterbe ich. Es ist alles bestens. Ich danke ihnen für ihre Arbeit.

Das mit der Schutzkontaktsteckdose mache ich selbst, wenn sie gleich auf dem Heimweg sind – vielen Dank und gute Heimfahrt!"

Über dieses lange Wort mit der Steckdose wären mit Sicherheit auch viele Deutsche gestolpert.

Unser Ugander sagte das in einem lupenreinen Deutsch. Der Vorarbeiter und die zwei anderen packten wortlos ihr Werkzeug und verschwanden mit ungeheurer Geschwindigkeit in ihrem Lkw.

Die roten Köpfe leuchteten um die Wette.

Der Kunde reichte mir seine Visitenkarte, und ich konnte lesen, dass er Charly Schmitt heißt, Rechtsanwalt ist und eine Praxis in Freilassing hat. Das afrikanischste an Herrn Schmitt war seine Hautfarbe, sonst rein gar nichts.

Beim Blick auf die Visitenkarte musste ich eingestehen, dass oftmals nichts so ist, wie man es sich vorstellt und womöglich auch noch glaubt, dass es niemals anders sein könnte.

Schutzkontaktsteckdose -- dicke Raupen in der Mikrowelle -- aber sterben würde er für Rouladen mit Klößen und Rotkohl. Wahnsinn!

ARMAND B.
Teure Kunst ist schwer erkennbar

Kunst ist wichtig – Kunst muss sein. Ohne Kunst wären wir viel ärmer. Aber weshalb gibt es Künstler, die unseren geistigen Reichtum vermehren möchten, mit Dingen, die unseren Geschmacksnerv verletzen?
Viele Leute fühlen sich in ihrem angeborenen Sinn für das Schöne, das Besondere, in höchstem Maße vergewaltigt.
Sie nehmen lieber etwas geistige Armut in Kauf und trösten sich mit dem, was ihren Geschmacksnerv streichelt. Eben die Kunst, die man versteht und es hinter den Ideen, verewigt auf Bildern oder an Plastiken, etwas zu entdecken gibt.

Wie das manchmal im Leben so ist, gerät man beruflich unversehens in Situationen, von denen man glaubte, dass man niemals damit konfrontiert werden würde. Ein Metier, von dem man erstens ganz weit entfernt ist, zweitens davon überhaupt keine Ahnung hat, und es, wie im folgenden Fall, den gesunden Menschenverstand außer Kraft setzt. Die KUNST.

Viele gehören nicht zu dem erlesenen Kreis derer, die wissen, wovon sie reden. Fast ehrfürchtig stellen sie fest, dass dafür ein paar Gehirnwindungen fehlen.
Zum Nachdenken darüber fehlt meist die Zeit, so lässt man es dabei bewenden – man gehört nicht dazu.
Aber wie schon gesagt, gerät der eine oder andere trotzdem unversehens hinein. Hinein in die große Gemeinde der Kunstbesessenen und selbsternannten „Experten".
Als Bauleiter, für den Bereich Innenausbau, war ich von meiner Firma dafür abgestellt, alle Arbeiten bei einer großen US-Bank zu koordinieren.

Der Eröffnungstermin war bereits festgelegt und ich war dafür verantwortlich, dass er eingehalten werden konnte. Zeit ist Geld, gerade im Bankgeschäft.

Die Malerarbeiten und der Beginn der Inneneinrichtung waren, über die 20 Stockwerke verteilt, bereits in vollem Gange. Sehr viel Zeit musste ich im Fahrstuhl verbringen. Das tägliche Auf und Ab strengt mehr an, als man gemeinhin glaubt.

Im 10. Stock, da wollte ich gar nicht hin, hielt der Fahrstuhl, und der amerikanische Vorstand der Bank stieg zu. Inspektions- und Informationsfahrt, um den Fortgang der Arbeiten zu begutachten. Es ging abwärts.

„Wolfgang, gut dass ich sie hier treffe", sprach mich der Projektleiter der US-Bank an.

Mit unseren amerikanischen Auftraggebern war das eine sehr lockere Art, man redete sich nur mit den Vornamen an. Meinem Intellekt kam das entgegen.

„Wir müssen uns mal darüber unterhalten, wie wir noch die Kunst in der großen Schalterhalle im EG unterbringen!"

„Bilder oder Plastiken?"

„Bilder!"

„Was schwebt ihnen denn vor", fragte ich Theo.

Eigentlich hieß er Theofanis Gagliardo, Amerikaner mit griechischen Wurzeln. Meine Frage war mit der großen Hoffnung verbunden, schon mit fertigen Vorstellungen konfrontiert zu werden.

Mit schon georderten Bildern, sicher verpackt und irgendwo bewacht gelagert.

Aber es war genau das Gegenteil. Ich stolperte da in etwas hinein, das überhaupt nicht mein Ding war.

„Na ja, stellen sie doch mal was zusammen, und machen sie uns Vorschläge."

„Sollte das nicht ein Fachmann..."

„Ach was, das können sie auch. Lassen sie sich von einem Galeristen ein paar Sachen zeigen. Aber nicht die Warhol-Serie. Die ist ziemlich abgelutscht!"

Theos Ausdrucksweise deutete auf geringes Interesse. Hauptsache da hängt was an der Wand.
„Okay, ich sage ihnen Bescheid, wenn ich was gefunden habe!"
„Aber erst übernächste Woche. Ich muss nach N.Y. und Atlanta. Sie machen das schon." Er drückte mit seiner Hand meine rechte Schulter, sagte bye, verließ mit dem Tross von Mitarbeitern den Fahrstuhl im 2. Stock und rief mir zu: „Take it easy!"

Leichter gesagt als getan. Da stand ich nun, mit den gar nicht bescheidenen, aber nicht klar geäußerten Wünschen der hohen Bankherren.
Galerie suchen, war mein erster Gedanke. Ich werde alles delegieren, so weit wie möglich.
Damit ich nicht so weit zu gehen hatte, nahm ich die nächstliegende Galerie. Galerie Ehrmann.
Am Nachmittag stand ich in der Eingangshalle vor dem einzigen Gegenstand, den es dort gab. Ein Sockel mit einem geschmiedeten..., ich weiß nicht was. Geschätzte 2,50 x 3.00 Meter und etwa 2 cm dick. Nichts sonst zierte den Raum, man hatte gar keine andere Wahl, als sich dieses rostige Monstrum anzusehen.
Ausgesehen hatte es wie der Rest einer riesigen Stahlplatte, nach dem Ausstanzen verschiedener geometrischer Figuren.
Die Platte war mit einer Ecke auf dem Sockel angeschweißt, und reckte sich etwa drei Meter senkrecht in die Höhe. Die Angst, es könnte gleich umkippen, hielt die Betrachter auf Abstand.

Und dafür wurde die Eingangshalle von annährend 100 qm genutzt. Man entwickelt im Bauberuf so ein Gefühl für Flächengrößen. Da stand ich mit diesem stummen Zeugen des künstlerischen Einfallsreichtums allein in einer riesigen Halle und fühlte mich eigentümlich bedroht. Bedroht von einem plump aussehenden Stahlkoloss.

Bedroht von einem geschmiedeten Gegenstand auf einem Sockel, dazu war er auch noch verrostet. Es war niemand zu sehen. Nur die Skulptur und ich. Allein auf weiter Flur. Alles drum herum wirkte plötzlich so fragil.

„Hallo! Herr Ehrmann", rief ich durch den Raum, der an jeder Längsseite vier Türen besaß, aber keinen Hinweis, wo man hinzugehen hat.

„Ehrmann, Gerlinde Ehrmann", drang es an mein Ohr. Erschreckt fuhr ich herum.

„Ich habe sie gar nicht gesehen – und gehört auch nicht!"

„Ich war hier!", sagte sie.

Ich unterließ es, darüber nachzudenken, wie Frau Ehrmann so plötzlich neben dem geschmiedeten Ungetüm auftauchen konnte. Ich muss wohl beim Anblick dieses Stahlkunstwerks völlig abgeschaltet haben. Ich war blind und taub.

„Lebherz, Wolfgang Lebherz."

Ich hatte mich noch nie so langsam und leise unterhalten, so geheimnisvoll, wie in den spärlich eingerichteten Räumen dieser Galerie. Es war das Erlebnis an sich.

Angetan von der Dame und der sehr sparsamen Ausstattung der Räume, konnte ich meine Wünsche äußern.

91

Ich legte großen Wert darauf, die riesige freie Wand in der Schalterhalle der Bank mit nur einem Kunstwerk zu gestalten.
Kleinere Werke sollten auf die anderen Wände und Räume der Schalterhallenebene verteilt werden.

Etwas sparsam fand ich auch die Ausstattung der Frau Ehrmann, die mit einem blaugrauen Pelzjäckchen, das schon bessere Zeiten erlebte, und engen schwarzen Leggins vor mir stand. Eine hellblaue Bluse und ein grau-gelb-grün-lila gemusterter Schal, der bis fast in die halblangen roten Stiefeletten reichte, komplettierte Frau Ehrmann.
Ihre Frisur hatte etwas von Verruchtheit, so lockig, lang und vom Wind gekämmt. Sie war das erste Kunstwerk, das sprechen konnte.

„Ich habe da etwas ganz Besonderes für sie. Der Künstler hat es erst vor wenigen Tagen fertig gestellt, und es ist auch noch nicht katalogisiert!"
„Also ganz frisch vom letzten Pinselstrich an die Wand." Ich glaubte, meinerseits einen lustigen Beitrag beigesteuert zu haben.
„Hm – so könnte man sagen, Herr Lefferts!"
„L-E-B-H-E-R-Z, Wolfgang", sagte ich sehr deutlich und langsam betonend.
„Ja – selbstverständlich, entschuldigen sie!"
Meine humorvolle Bemerkung mit der langsamen Betonung wurde nicht verstanden, und Frau Ehrmann, wie zufällig sehr blond, verlor auch kein Wort mehr darüber.
Wir einigten uns, dass das große Werk, das 20.000,- Euro kosten sollte, sowie sechs bis acht kleinere Werke angeliefert werden, damit der Bankenvorstand entscheiden kann. Wir sahen das Wochenende in zehn Tagen dafür vor.

Ich verabschiedete mich von Frau Ehrmann und wollte raus aus dem Kunsttempel, als mich Frau Ehrmann ziemlich unsanft am Arm zurückzog.

„Vorsicht – das wäre teuer", sagte sie ziemlich mitgenommen. Ich wäre beinahe in dieses geschmiedete ... was weiß ich, hineingerannt.
„Stellen sie sich vor, das Kunstwerk fällt um – direkt auf den Marmorboden und wird selbst auch beschädigt ..., Herr Lefferts."
„Oh, das ist ja noch mal gut gegangen", meinte ich erleichtert.
„Sie sagen es!"
„Steht aber auch ungünstig, direkt im Weg. Das ist ja wie beim Skilaufen. Eine riesige Piste und weit und breit nur ein Baum. Und genau den fährt man um."

Das überhörte Frau Galeristin vornehm. Dann fiel mir auf, dass der Sockel im Boden fest verschraubt war und das zentnerschwere Ungetüm wohl mehr meinem zarten Körper geschadet hätte. Draußen musste ich deshalb erst einmal tief durchatmen.
Ich war mir sicher, dass die Lieferung durch die Galerie Ehrmann sehr pünktlich erfolgen würde. Bei dem bevorstehenden Umsatz eines Großteils ihrer Galerie-Möblierung auch kein Wunder.
Schnell hatte ich die Kunst wieder vergessen, die täglichen Arbeiten waren spannender und wichtiger.
Mein Terminkalender schickte mich am Freitagabend zur Bank. Die Kunst wurde geliefert.
Wir stellten alle Kunstgegenstände in den schon fertigen Kundenbesprechungsraum in der Schalterhalle, der auch bereits mit einem sündhaft teuren englischen Wollteppich ausgelegt war.
So waren alle Bilder in einem sauberen und verschließbaren Raum untergebracht.

Die eingelagerten Gegenstände hatten einen Gesamtwert von ungefähr 130.000 Euro. Ich quittierte den Empfang mit etwas gemischten Gefühlen.

Das größte der Kunstwerke, 20.000,- Euro teuer, war etwas ganz Besonderes. Eine farblich bearbeitete Hartfaserplatte, vier Millimeter dick. Mit einem Beil und einer Handkreissäge wurden dem Kunstwerk unregelmäßige Hieb- und Stichverletzungen zugefügt. An ihren „Wundrändern" wurde Farbe drum herum geschmiert, an jeder Verletzung eine andere.

Die Platte hatte die Maße 280 x 160 Zentimeter und den treffenden Namen: Ausbruch!

Der geniale Künstler hieß Armand B.

Ich dachte beim Betrachten des Werkes darüber nach, ob er Angst hatte, seinen kompletten Nachnamen zu nennen. Frau Ehrmann war ganz aufgeregt wegen des bevorstehenden Geschäftes und empfahl sich leise säuselnd, nicht ohne den Hinweis an mich: „Passen sie gut auf die Werke auf – Herr Lefferts!"

Na ja. Als Frau Ehrmann bereits gegangen war, sagte ich leise vor mich hin: Lebherz! Ich schloss die Tür ab, verließ die Bankhalle und bestaunte auf dem Heimweg die Graffitikunst auf der Hauswand gegenüber.

Zuhause angekommen, lag eine Faxnachricht auf dem Tisch: Komme erst Dienstag – Theo G.

Kopfzerbrechen machte es mir nicht, da meine Arbeit auch so weiter geht. Die Entscheidung über Kunst in der Schalterhalle wurde also um 24 Stunden vertagt.

Am Montagmorgen war ich erst etwas später in der Bank, da ich Frau Ehrmann noch einen Besuch abstattete. Ich wollte ihr persönlich mitteilen, dass sie die nicht gewählten Kunstwerke erst Mittwoch wieder abholen lassen könne.

Als ich dann in der Schalterhalle der Bank eintraf, stockte mir der Atem. Der Besprechungsraum, Lagerplatz der Kunstwerke, stand offen. Als erstes denkt man an Einbruch. Ich sah schon die Schlagzeilen in der Presse: Bei Einbruch den Ausbruch geklaut!

Kunstraub in US-Bank - Galerist erheblich geschädigt - Lasche Sicherheitsmaßnahmen bei Weltbank - die Verantwortlichen sind abgetaucht, ich selbst sah mich an einem Strick baumeln ... und so weiter und so fort. Mir wurde abwechselnd heiß und kalt.

Dann kam aus dem besagten Raum ein Mann in weißem Arbeitsanzug heraus, einen Farbpinsel in der Hand. Ich hatte vergessen, dass die Maler einen Schlüssel hatten, da in den bereits fertigen Besprechungsräumen noch der Fries unter der Decke gestrichen werden musste. Was sie auch taten, wie ich durch die geöffnete Tür beobachten konnte.

„Seid ihr verrückt?", herrschte ich die beiden Arbeiter an.

„Wieso?"

„Was habt ihr mit der großen Platte, die an der Wand stand, gemacht?"

„Die liegt auf dem teuren Teppich. Von der Größe genau richtig, um die Farbeimer drauf zu stellen. Wir mussten doch den teuren Wollteppich schützen."

Mein Kloß im Hals wurde immer dicker.

„Raus hier und vorsichtig die Farbeimer nach draußen!"

„Wie man's macht, macht man's verkehrt. Was ist denn so Schlimmes passiert?

Die sechs Bilder, mit Folie abgedeckt, stehen doch noch an der Wand."

„Schon, aber die Hartfaserplatte ..."

„Die ist doch kaputt. Außerdem sind da lauter Farbkleckse drauf. Herr Lebherz, sehen sie selbst."

„Das schon, aber diese kaputte Platte mit Farbklecksen kostet etwa 20.000 Euro, und der Künstler heißt Armand B."
„An der Platte hat er aber nur seinen Pinsel ausprobiert."
„Das sind japanische Schriftzeichen, ihr Banausen. Wertvolle Kalligraphie."

Die beiden wurden stumm, und betrachteten mit heruntergezogenen Mundwinkeln das Kunstwerk.
„Irgendwas machen wir falsch in unserem Leben", sagte einer von beiden. „B" - wie bescheuert."
Ich wollte da nicht unbedingt widersprechen, ich war nur heilfroh, dass dieses Kunstwerk mit der teuren Fläche auf dem Teppich lag und die teuren Gegenstände sich gegenseitig schützten. Dem Teppich ist nichts passiert und dem herausragenden Kunstwerk auch nicht. Aber gekauft wurde der „Ausbruch" trotzdem nicht.
Als Ersatz gab es dafür „Sternentreffen in der Galaxie". Eine Platte, auf der alle Tuben mit Restfarbe ausgedrückt wurden, wie einer der Maler sagte.

DER PAPSTSTUHL
Vernissage der Überraschungen

Nach meinen erfolgreichen Bemühungen, Kunst für die Schalterhalle der Bank zu bekommen, wurde ich in die Verteiler- und Einladungsliste der Galerie Ehrmann aufgenommen.

Der Umsatz mit der Bank brachte der Galerie Ehrmann fast 85.000 Euro. Diese Tatsache machte mich zum VIP.

Ich galt als Kunde, der Kunst vermitteln konnte. Sich dagegen zu wehren, ist in den Kreisen fast unmöglich, man gehört plötzlich dazu. Eine andere Möglichkeit ist gar nicht in der Überlegung.

Frau Gerlinde Ehrmann war ganz angetan von meinem Interesse an der Kunst und wohl auch von der Fähigkeit, langsam und in getragener Form über den Künstler und seine Werke zu plaudern.

Wie anders ist zu erklären, dass ich eine Einladung zu einer Vernissage in ihrer Galerie bekam. Die Ausstellung sollte Schauplatz einer „ungeheuren" Sensation werden. Und ich durfte bei dieser einmaligen Sache mit von der Partie sein.

Sehen und gesehen werden, war eigentlich der Grund, dass ich mir den Abend dafür freimachte. Nie vorher wohnte ich einer Sensation bei. Ich war gespannt. Als ich den Vorraum zur Galerie Ehrmann betrat, stand ich in gleißendem Licht.

Halogenleuchten mit unglaublicher Kraft strahlten, als wäre man im Vorhof zur Hölle.

Gewöhnliches Tageslicht machte sich dagegen aus wie Schummerbeleuchtung.

Ich suchte meine Gastgeberin im Pulk der schweigenden, auf- und abgehenden Bildbetrachter. Der große Durchgang weiter vorn war wohl der Zugang zum Heiligsten, zur Sensation.

Da müsste ich doch Frau Ehrmann finden, und lugte durch eines der Löcher in der großen Stahlplatte. Dieses rostige Monstrum in der Halle kannte ich ja bereits.

Plötzlich legte sich fast geisterhaft eine Hand von hinten auf meine Schulter. In dieser Halle musste es Geheimtüren geben oder Frau Ehrmann konnte sich beamen.

„Das ist aber schön, dass sie kommen konnten."
Schwupp, hatte ich ein kleines Glas Sekt in der Hand. Das waren wohl Vernissage-Gläser, sehr dünn und lang. Mehr als eine Schnapsglasfüllung war das nicht.
„Unser Künstler, Herr Aoki, wird in etwa einer Stunde seine Werke vorstellen."
„Ich freue mich und danke herzlich für ihre Einladung. Wie heißt denn der Künstler richtig?"
„Das sollten sie aber wissen, Herr Lefferts. Aoki Kushi Mushi!"
„Hat der Künstler auch diese grandiose Stahlskulptur geschaffen?"
„Aber ja! Sie ist übrigens verkauft."
„Na, das wurde aber auch Zeit. Ist das die Sensation, die uns erwartet?"

Frau Galeristin lächelte etwas gequält und ließ mich allein. Etwas beschämt bedankte ich mich mit einer artigen Verbeugung. Diese Ehrbezeugung hatte Frau Ehrmann aber auch verdient.
Attraktiv, von einem Künstler gestylt und angemalt. Sie war selbst ein Kunstwerk, da war ihre Bekleidung oder Verkleidung zweitrangig.
Ihre Bluse war durch eine hellbraune getauscht, die Leggins hatten die Farbe hellgrau angenommen und die Stiefeletten waren schwarz, statt rot, wie vor einigen Tagen.

Das Pelzjäckchen kannte ich schon, nur fiel mir jetzt auf, dass es keine Ärmel hatte. Schal und Frisur waren gleich geblieben.

Aber der Schal war mehrfach um den Hals gelegt – somit konnten die Enden diesmal nicht in die Stiefeletten krabbeln.

Gerlinde Ehrmann war schon wieder weg. Bussi-Bussi mit einem anderen Gast. Der bekam einen bräunlichen Fleck auf seine Backe geherzt. Mir blieb es erspart, als Strafe, weil ich nicht den vollen Namen des Künstlers kannte.

Die angeschlossenen Räume waren prall gefüllt mit den Werken von Aoki Kushi Mushi, kurz AKM. An einigen Stellen wurde bereits heftig über den Künstler und seine Werke diskutiert. Bewundernd und respektvoll, wie die Blicke der Kunstkenner es deutlich zeigten. Beeindruckend war, dass die Sektgläser gar nicht leer wurden. Die Besucher nippten nur dran. Befeuchteten also nur die Lippen.

Ich muss da wohl einen Fehler gemacht haben, denn mein Glas war innen komplett trocken.

Ich besah mir die Visitenkarte des Künstlers und konnte lesen, dass es sich um „AKM-resourceful" aus Nagoya handelte. Plötzlich schwebte die Galeristin an mir vorbei und informierte mich und andere überraschte Besucher.

„Wenn sie dort durch die Tür gehen, finden sie weitere Werke von Aoki. Ein Buffet, man hat ja auch Hunger", gluckste Frau Ehrmann kichernd, „finden sie gleich an der Wand links."

Frau Gerlinde Ehrmann war schnell. Kommen – Augenaufschlag - erklären - weg. Hinweisschilder hätten sie da bestimmt entlastet. Ich überlegte noch, warum „AKM" resourceful an den Namen hängte, da sprach mich einer der Besucher an.

„Wissen sie vielleicht, was die Zahlen an den Kunstwerken bedeuteten? Katalognummern oder Preise?" Der Kunde war sicher auch neu.

„Das ist jetzt die Kunst, das herauszufinden", sagte ich einfach. Er lachte und versuchte, mit ganz spitzem Mund an die Flüssigkeit in seinem Glas zu gelangen.

Das war ebenfalls Kunst. Ich zeigte ihm, wie es geht. Er umschloss mit den Lippen sein Glas komplett – eine Banane hatte auch nicht mehr Umfang - und ließ den Inhalt in den Mund tröpfeln. Mit seinem gestreckten kleinen Finger, weg vom Glas, verhakte er sich dabei in der Stola einer Kunstliebhaberin, die wenig amüsiert schien.

Nun interessierte mich seine Frage auch und ich sah, dass die Zahlen vierstellig und fünfstellig waren. Ohne Komma oder Punkt. Wohl doch Katalognummern, dachte ich.

Wäre ja auch ein Ding, dieses rot-blau bemalte Ofenrohr von etwa einem Meter Länge, aus dem an einem Ende eine Menge bunter Kabel heraus hingen, für 1.750 €.

Titel: „Kontrollierter Überlauf".

Ob das die richtige Übersetzung aus dem japanischen wiedergibt? Nun glaubte ich auch zu wissen, weshalb der Künstler für sich das Wort resourceful auf der Visitenkarte aussuchte – es heißt übersetzt findig oder einfallsreich.

Wie wahr, wie wahr.

Eine nette junge Dame stellte sich mir lächelnd in den Weg und bot mir kleine belegte Schnittchen an. Sie war Japanerin, vielleicht die Ehefrau des Künstlers? Zierlich und lächelnd. Ich vermied es sie etwas lauter anzusprechen, aus Angst, sie würde vielleicht umkippen. Ich nahm gerne an und überlegte, ob es unschicklich ist, es auf einmal in den Mund zu stecken.

Auf der anderen Seite bleiben, bei einem beherzten Biss, aber sowieso nur Krümel an den Fingern hängen. Ich drehte mich etwas vom Geschehen weg, kaute zweimal und schluckte rasch. Mein Glas wurde mir aus der Hand genommen und ausgetauscht. Ein Schlückchen zum Nachspülen kam gerade recht.

„Die Nummern, mein Herr, sind die Preise. Heute gibt es die sensationellen Arbeiten von Aoki noch zum Vernissage-Schnäppchen-Preis."
Gerade wollte ich etwas sagen, merkte ich, dass es der Frager von vorhin war, der die Information von Frau „Galerie" erhielt. Ich entschuldigte mich für meine Vermutung und nannte es schnell eine Sensation.
Frau Gerlinde Ehrmann, die meine Entschuldigung mithörte, erklärte mit dem breitesten Lächeln, das ihr zur Verfügung stand: „Nun greifen sie mal zu junger Mann, dieses Kunstwerk ist nur einmal da. Ein Schnäppchen obendrein!"

Es fehlte nur, dass sie die Hand ausstreckte, um einen Scheck in Empfang zu nehmen. Aber sie wurde wieder von woanders gerufen, so war diese Geschichte ohne Ausgang geblieben.
Unglaublich, wie sie sich, mit dem Glas Sekt in der Hand, mit einem Schuhabsatz auf der Stelle um 180° drehte.
Und geisterhaft verschwand sie in einer kleinen Lücke zwischen Kunstbewunderern.

Ich hatte nun etwas Zeit darüber nachzudenken, dass dieses Kunstwerk, dieses Schnäppchen, den lächerlichen Preis von 1.750 € kostete. Und ich dachte, es wäre eine Katalognummer.
Der Besucher, der den Preis von Frau Ehrmann erfuhr, lächelte etwas gequält. Ob er aber über einen Kauf nachdachte, wollte ich wirklich nicht wissen.

Gut, dass ich mein Schnittchen schon geschluckt hatte, denn Frau Gerlinde Ehrmann, mit ihrem Hinweis auf dieses Schnäppchen, hätte mich in arge Schwierigkeiten gebracht.

Von Kunstwerk zu Kunstwerk· wurde ich stiller, nachdenklicher. Ich bekam den Eindruck, dass hier ein paar Besucher veralbert werden sollten. Unauffällig blickte ich mich um und suchte nach der versteckten Kamera.

Ich dachte über ein Preis-/Leistungs-Verhältnis nach, aber das konnte wohl nicht ernsthaft bei Kunst Anwendung finden. Das sah ich ein. Aus Höflichkeit wollte ich die Ansprache von Aoki Kushi Mushi noch abwarten. Und aus Höflichkeit nahm ich hier und da auch noch ein paar Geschmacksverstärker, die inzwischen den Namen „belegter Wattebausch" verdienten. Mittlerweile war ich an diesem „Kontrollierten Überlauf" zum dritten oder vierten Male vorbeigekommen. Seine Hässlichkeit hatte er dadurch nicht verloren.

Manche Dinge sind ja von vornherein gewöhnungsbedürftig, aber dieses Monstrum hegte in mir eigentlich nur den Wunsch, es gründlich zu entsorgen.

Diese Visitenkarte von „AKM" brachte sich wieder in Erinnerung. Mit der linken Hand drehte ich sie gelangweilt in der Jackentasche hin und her.

Resourceful hat also was mit Einfallsreichtum, mit Findigkeit zu tun.

Bei den Preisen zumindest hatte er den Einfallsreichtum bewiesen.

Vielleicht findet sich auch eine Erklärung für den Namen, wenn er selbst dieses rot-blaue, diesen „Kontrollierten Überlauf" vorstellt und erklärt. Ich werde ihn das fragen!

Aber dann änderte sich mein ganzes Vorhaben schlagartig mit der kontrollierten Drehung um 180°. Da stand sie vor mir, die angekündigte Sensation. Ausgewiesen durch den Namen „Papststuhl" - für den Preis von 2.900 €.

Mir verschlug es die Sprache. Warum hatte ich das Kunstwerk nicht schon vorher gesehen? Natürlich – das war vorher ständig umlagert, man kam nicht dran. Jetzt verstehe ich das! Ich stand vor dem Papststuhl, wie das berühmte Kaninchen vor der Schlange. Ich schaute unbeweglich hin und stellte mir den Papst dazu vor.
Der Preis trat dabei völlig in den Hintergrund. Einfach genial. Diese Ausdruckskraft. Eine Komposition in Form und Farbe, wie ich es bis dahin noch nicht gesehen hatte. Der Mut zur vollendeten Gestaltung war einfach überwältigend.
Fast in Trance, gefangen genommen von der Schönheit des Details, nahm ich ein Gläschen Sekt vom Tablett der jungen Bedienung und tauschte es gegen mein leeres aus. Ich hätte es auch bleiben lassen können, denn viel Unterschied war da gar nicht.
Meine Bewegungen, mein andächtiges Verhalten, mein Gesichtsausdruck, musste meine Begeisterung für dieses gelungene Kunstwerk widerspiegeln. Ich war, für jeden sichtbar, tief beeindruckt.
Die junge Dame, die das Tablett mit den Sektgläsern hielt, sah das wohl ebenso. Sie hauchte fast unhörbar, aber ausgesprochen freundlich: „Zum Wooohl!"

Dann tänzelte sie ergriffen zum nächsten Gast. Hübsch sah sie aus, mit ihrem kurzen Röckchen in schwarz, der cremefarbenen Bluse, dem dezentem Ausschnitt und ihrer hochgesteckten Frisur.
Ihre schlanken Beine, eine Augenweide, endeten in hochhackigen Lackpumps.

Wie eine Grazie schritt sie übers Parkett und manche Blicke, vornehmlich die der Herren, wendeten sich einen Augenblick weg von der Sensation des AKM.

Sie wechselten zur Kunst der Natur und deren Fähigkeit, den Blick zu fesseln, um die Schönheiten von Details aufzusaugen.

Zurück zum Papststuhl! Die Eigenwilligkeit, und die Zuordnung der einzelnen Elemente zu einem Ganzen, waren hier in eine Form gebracht, die den Namen Kunst erst ausmacht.

„Frau Ehrmann, kommen sie. Ich muss sie einfach etwas fragen."

Frau „Kunstgalerie" riss sich von einem anderen Kunstwerk los und eilte an meine Seite.

„Ja bitte – sie wünschen, Herr Lefferts?"

„Frau Ehrmann, dieser Papststuhl, dieses einmalige Kunstwerk ...". Sie unterbrach mich: „Ist es nicht fantastisch? So etwas Gelungenes."

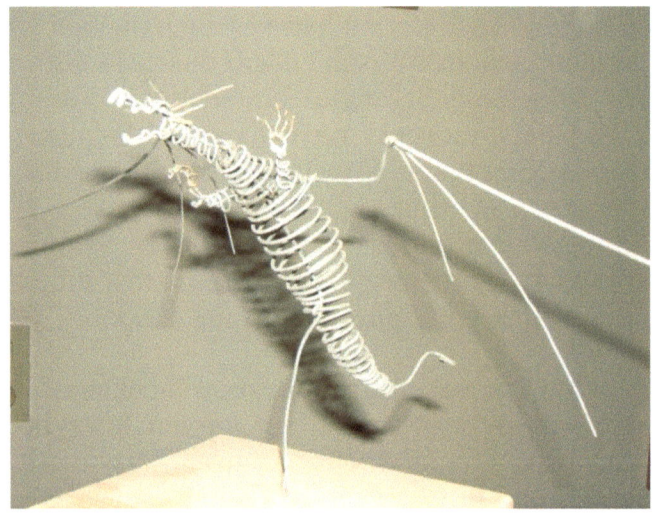

„Der große Welthunger"

„Frau Ehrmann – was wollte uns der Künstler damit sagen?"

Dass Frau Ehrmann plötzlich schwieg, dafür machte ich die Einmaligkeit dieses Kunstwerks verantwortlich. Wahrscheinlich fehlten aber auch ihr die Worte, angesichts einer solchen „Sensation".

Ich war inzwischen so aufgewühlt, dass man schon auf uns aufmerksam wurde. Ich war auch nicht gerade leise und erklärte ihr: „Aoki Kushi Mushi hat hier eine Botschaft an die Menschheit. Er wollte uns mit diesem Kunstwerk sagen, dass ..." -

nicht nur Frau Ehrmann sah mich gespannt an - „er wollte uns damit sagen: Seht her, was man mit Plunder vom Sperrmüll alles machen kann.

Nehmt eine alte Kloschüssel, legt einen Stahlschalensitz mit Löchern drauf, wie er früher auf einem Traktor üblich war. Befestigt den Schaltknüppel eines LKW mittig vor der Schüssel und stellt hinter die Kloschüssel eine alte Bogenlampe ohne Schirm, mit nackter Birne in der Fassung. Streicht alles hellgelb, aus der Farbkarte Sigma Colour Nr.3201.5, gebt dem Ganzen einen Namen, sagen wir mal Papststuhl, und bietet den Müll dann für 2.900 € an. Ich bin überwältigt!"

Und das waren die übrigen Gäste auch.

Als ich mein Gläschen austrank, ein weiteres Schnittchen verschluckte und kopfschüttelnd die Galerie verließ, begleiteten mich ungläubige Blicke und eine Frau Gerlinde Ehrmann mit einem hochroten Kopf. Wie ihre Gesichtsfarbe durch ihre dicke Schminke durchscheinen konnte, wird mir immer ein Rätsel bleiben.

Eine weitere Vernissage werde ich wohl nicht mehr besuchen. Es sei denn, man zeigt mir alte Meister, die ich mir aber ebenso wenig leisten kann, wie den gesammelten Müll eines Aoki Kushi Mushi, aus dem Team resourceful.

Die Vernissage von Aoki Kushi Mushi wurde, völlig unüblich, in der Tagespresse nur mit einer kleinen BU (einer Bildunterschrift) erwähnt. Ein Text mit ein bis zwei Sätzen.

Die Galerie Ehrmann hatte im Anschluss für vier Wochen eine Ausstellung eines lokalen Künstlers, der mit Radierungen das Leben in der Großstadt dokumentierte. Mit großem Erfolg, nun schon in der zweiten Woche. Ich werde sie mir ansehen.

Vielleicht nehme ich mir eine Brezel mit und eine Apfelschorle für den Durst.

THEO – DER WEISSE MACHO
Er war ein ganz besonderer Freund

Wie ein großes Standbild. Protzig, beherrschend. Die pure Schönheit des Individuums. Theo, was für ein Kerl.

Ein Foto in meiner Hand erinnerte mich an ein Erlebnis, das mich erschauern ließ. Ganz automatisch erhob ich mich von meinem provisorischen Sitzplatz, einem vollen Karton mit Büchern, und musste mir den Hinten reiben.

Wie hatte Großmutter es nur geschafft, diesen Kerl so bewegungslos vor die Linse zu bekommen – diesen Theo.

Es war ein trauriger Tag, den ich so kurz vor Ostern erleben musste. Die noch lebende Großmutter, die Mutter meines Vaters, war mit 96 Jahren verstorben.

Auf der Fahrt zu meinen Eltern, bei denen sie wohnte, kamen mir immer wieder Gedanken aus Kindertagen in den Sinn. Ich liebte meine Oma ganz besonders, da ich als kleiner Junge viel Zeit bei ihr verbringen durfte. Auch später, während der Schulferien im Sommer war es so.

Die Verbindung zueinander war wunderbar. Sie war immer lustig und unterhaltsam. Wenn sie Anekdoten aus früheren Tagen zum Besten gab, konnte sie als wundervolle Erzählerin glänzen. Die ganze Familie liebte sie dafür.

Je näher ich meinem Ziel kam, desto öfter fuhr ich an Bauernhöfen vorbei. Und gerade ein Bauernhof war der geliebte Hort meiner Kindertage. Das ländliche Idyll prägte mich.

Meine Eltern hatten zwar schon lange keine Landwirtschaft mehr, also auch keinen Bauernhof, aber die Gebäude, fast alle inzwischen umgebaut, waren noch vorhanden.

An einer Ampel stehend, blickte ich genau in den Innenhof eines noch intakten bäuerlichen Betriebes. Die Hühner rannten über den Hof und das erinnerte mich an eine Geschichte, wie sie von Oma bei familiären Anlässen immer erzählt werden musste. Es war die Geschichte mit Theo, dem weißen Macho.

Der Tod meiner Oma war zwar in meinem Kopf, aber ich konnte mir ein Lächeln nicht verkneifen.
Die Geschichte von mir und Theo musste sie immer wieder erzählen, und je älter ich wurde, umso mehr Details kamen hinzu. Vielleicht habe ich die Feinheiten aber auch erst später heraus gehört.
Jedenfalls war ich nach einigen Jahren in der Lage, die Geschichte mit Theo aus dem eigenen Blickwinkel zu erzählen. Ich konnte die Geschichte von Oma gefahrlos übernehmen und alsbald als eigenes Erlebnis schildern, obwohl ich damals erst drei Jahre alt war.

Ich hatte einen ganz speziellen Freund, dem ich Respekt entgegenbrachte, aber nie Angst hatte, ihm zu zeigen, dass ich das auch von ihm erwarte.
Da er dies nicht unbedingt für notwendig hielt, konnte es nicht ausbleiben, dass wir versuchten, uns gegenseitig den Schneid abzukaufen.
So wechselten sich Streicheleinheiten und Knuffe stets ab, mal etwas schmerzlicher, mal etwas weniger.
Meine investierten Streicheleinheiten wurden, mit zunehmendem Alter dieses Unholds, immer weniger geduldet.
Dabei wollte ich doch wirklich nur ganz lieb sein und mit ihm spielen.
Meine Oma warnte mich zwar immer, aber in jeder unbeobachteten freien Minute bin ich wieder zu meinem „Freund" gerannt.

Nun muss dazu gesagt werden, dass mein „Freund"
Theo ein Hahn war, ein Gockel von Gottes gnaden. Ich
hatte ihn als Küken von Oma bekommen und habe ihn
praktisch großgezogen. Was mich besonders ärgerte
war, dass er schneller wuchs als ich und somit viel
schneller erwachsen wurde. Er war sogar sehr bald
größer als ich.
Wenn er sich beim Krähen aufrichtete und den Hals
streckte, dann krähte er mich mit weit aufgerissenem
Schnabel an. Es machte mich fast wütend, wenn
dieser Gockel mich ignorierte und seelisch verletzte.
Mancher wird sich fragen, wie das denn gehen soll.
Wie kann ein Hahn, ein Tier also, jemanden seelisch
verletzen? Ein Freund kann es. Theo war mein
Freund.
Ich wollte ihm auch zeigen, wie böse ich auf ihn bin,
wie abscheulich ich sein Verhalten mir gegenüber
empfand. Ich wollte auch unbedingt zeigen, wer Herr
auf dem Hof ist.

„Geh' nicht zu Theo, mein Junge", sagte meine Oma
mehrfach. Aber weshalb sollte ich darauf hören, war
Theo doch mein Freund. Und unter Freunden gibt es
auch mal Streit. Was sollte es also? Aber Oma hatte
natürlich auch einen ganz triftigen Grund, dass sie
mich warnte.
Seit Theo nämlich entdeckte, dass es noch ein anderes
Geschlecht gab, konnte ihn nichts mehr halten. Oma
erklärte mir: „Der passt jetzt nämlich auf seine vielen
Frauen genau auf!"
Dass er allerdings so viele Frauen hatte, wollte mir
nicht in den Kopf. Ich sagte dann mal zu meinem
Vater: „Der Theo hat ganz viele Frauen. Darf der das?"
Darauf mein Vater: „Beneidenswert, beneidenswert!"

Nach der Beerdigung meiner Großmutter kamen alle
Familienmitglieder zusammen zum Tröster.

Dazu mieteten meine Eltern das Dorfgemeinschaftshaus, denn es waren mehr als 250 Gäste. Man muss wissen, dass Oma acht Kinder hatte, die alle noch lebten. Die hatten natürlich auch alle Familie. Einige von ihnen hatten wieder drei bis fünf Kinder. Und davon gab es einige, die bereits wieder Kinder hatten. Oma hatte also reichlich Enkel und Urenkel.

Bei den Rückblicken auf Omas Leben blieb es nicht aus, dass auch ihre Lieblingsgeschichte angesprochen wurde. Das war, wie bei allen Familientreffen, die Geschichte zwischen mir und Theo. Bevor die Familie wieder auseinander ging, wollten natürlich alle das von dem weißen Macho hören.

Mich blickten alle an, da ich nun derjenige war, um den es ging und der als Kenner der Geschichte allein Oma vertreten konnte. Alle sagten, ohne es auszusprechen: „Mach doch mal..."

Da es auch um meine geliebte Oma ging, schlüpfte ich in ihre Rolle und tat den Trauergästen den Gefallen, Omas Geschichte zum Besten zu geben.

Zuerst schnürte es mir etwas den Hals zu, an dem Tag etwas Humoristisches zu bieten, denn Oma war gerade erst unter der Erde.

Aber alle Mitglieder der Familie waren sich darüber einig, dass Oma es so gewollt hätte – immer lustig bleiben, war ihre Devise.

Da passte es, dass sie damit 96 Jahre alt wurde, ein erfülltes Leben hatte, nie zu leiden hatte, nie jemandem zur Last fiel.

Ihr Tod war etwas ganz Normales und alle meinten, dass man sich darüber freuen sollte, dass sie mit Freude das hohe Alter erreichte und es mit klarem Kopf beendete – sie aber eigentlich noch immer präsent sei. Bei so viel Freude, warum nicht etwas Humoristisches?

Nachdem die Rufe immer lauter wurden: „Komm Reiner, erzähl schon", konnte ich mich nicht mehr sträuben und begann, so wie es Oma immer zu tun pflegte. Ich versammelte einige Urenkel um mich und begann zu erzählen. Dabei erinnerte ich mich an den 80. Geburtstag meiner Großmutter, als meine Tochter Rebecca zum ersten Mal dabei war, gerade mal vier Jahre alt. Sie saß damals, wie viele andere Enkel, um die Oma herum und hing förmlich an ihren Lippen.

Heute waren die Kleinsten gespannt, wie auch die Erwachsenen, wie ich meine eigene Geschichte erzähle. Meine Tochter Rebecca saß etwas abseits und munterte mich mit Handzeichen auf, endlich zu beginnen.

... „ja, ja Rebecca, dein Papa war auch mal so klein wie du jetzt. Er war damals drei Jahre alt und verbrachte viel Zeit auf unserem kleinen Hof. Zu Ostern schenkten wir ihm ein kleines Küken, nicht ahnend, was daraus entstehen würde.
Erstens aus dem Küken, dem dein Papa den Namen Theo gab, zweitens aus der Freundschaft zwischen dem Küken und meinem Enkel Reiner, deinem Papa.
Reiner streichelte, hegte und pflegte den kleinen Kerl und rief ihn immer bei seinem Namen.
Er kam dann immer angerannt, denn meistens gab es ein frisches Salatblatt oder Vogelmyrrhe.
Das Küken wurde schnell größer und entpuppte sich als ein weißes Leghorn. Theo mauserte sich zu einem stattlichen Hahn. Eine Rasse, deren prächtige Hähne mit ihren großen sichelförmigen Schwanzfedern beeindrucken konnten. Es sah außerdem wunderschön aus.
Es dauerte nicht sehr lange, war Theo der Herr auf dem Hof. Alle Hennen waren ihm bedingungslos untergeordnet und ausgeliefert. Theo führte ein strenges Regiment.

Sogar unser Hofhund musste aufpassen, dass er sich nicht ein paar empfindliche Schnabelhiebe einhandelte.

Der einzige, der recht lange mit Theo umgehen konnte, war mein Reiner. Bald war es so weit, dass Theo, wenn er sich aufrichtete, einen langen Hals machte und krähte, so groß wie Reiner war.

So kam es eines Tages, dass Theo vor ihm stand und lauthals krähte. Reiner kam vor Schreck in die Küche gerannt und klagte: „Warum schreit mich Theo so an?"

Was sollte ich da erklären, denn das hätte Reiner nicht verstanden.

Was, du lässt dich von Theo anschreien? Aber vielleicht hat er gar nicht geschrien? Er hat vielleicht nur seinen Frauen erzählt, dass er keine Zeit für sie hat, weil ein Freund gekommen ist.

„Er hat aber geschrien!"

Also, wenn mich ein Freund anschreien würde... - dann würde ich ihm eine langen.

Für mich war die Sache erledigt und Reiner sagte nur: „Hm!"

Ein paar Tage später war Reiner gleich nach dem Kindergarten zu Besuch gekommen.

„Ist Theo im Hof", fragte Reiner. Natürlich, wo soll dein Freund sonst wohl sein?

Er ist bei allen seinen Frauen und passt auf, dass ihnen nichts passiert. Aber er ist heute irgendwie gereizt, er jagte unserem Hund schon zweimal hinterher. Aber was interessieren einen Jungen schon solche Angaben, wenn er nur wissen will, wo sein Freund Theo ist.

„Oma, ich nehme zwei Salatblätter für Theo mit!"

Schon war Reiner draußen und rief laut nach Theo. Die Hühner im Hof liefen gackernd auseinander.

Es war wohl mehr das Geschrei der Hühner, als der Ruf von Reiner, der Theo auf das Dach des Hasenstalls flattern ließ. Von dort oben hatte er den besten Überblick. Durch den ungewöhnlichen Krach im Hof hatte ich am Fenster Stellung bezogen, um mir das genauer anzusehen.
Reiner stand mit ausgestreckten Armen im Hof und wedelte mit dem Salatblatt. Tatsächlich hüpfte Theo vom Hasenstall herunter und lief auf Reiner zu. Soweit war das alles normal.

Auch, dass Theo sich reckte und laut vor Reiner zu krähen begann. Aber dann....
Theo hielt den Kopf hoch, sperrte den Schnabel auf, da hat Reiner mit der hand zugelangt und Theo eine Ohrfeige verpasst. Theo stand da, krähte nicht mehr und Reiner ließ das Salatblatt fallen.
Das alles spielte sich in wenigen Sekunden ab – so ratz-fatz. Eine etwas komische Situation für ein paar Sekunden. Ich stand am Küchenfenster und schaute einfach nur zu, aber plötzlich überschlugen sich die Ereignisse.
Theo öffnete weit die Flügel und setzte zum Sprung an. Reiner erkannte die Gefahr, drehte sich rasch um und rannte los.
    „Oma, Oma, Oma" –
Ich lief zur Küchentür, öffnete schnell und wollte den flüchtenden Reiner einlassen. Was ich aber dann sah, jagte mir erst einen Schrecken ein, musste aber schließlich lachen.
Reiner musste auf dem frischen Kot der Hühner ausgerutscht sein und lag bäuchlings im Dreck. Theo stand auf Reiners Po, laut krähend. Ich verscheuchte ihn, holte Reiner in die Küche und konnte sehen, welche Abdrücke die kräftigen Füsse von Theo auf Reiners Po hinterließen. Lauter Kratzer, blau unterlaufen, mit kleinen Hautabschürfungen.

Alles keine große Sache, aber die seelischen Schmerzen bei Reiner überwogen alles.

„Warum wollte mich mein Freund Theo umbringen?"
Er wollte dich nicht umbringen. Er war nur böse, weil du ihn einfach geohrfeigt hast!

„Er hat mich ja auch angeschrien."
Nun musste ich meinem Reiner wohl etwas erklären. Dass man Unstimmigkeiten zwischen Freunden nicht unbedingt mit Schlagkraft bereinigt, sondern miteinander redet.

„Oma – Theo kann doch nur krähen. Außerdem hattest du mir gesagt, dass du einem Freund, wenn er dich anschreit, eine langen würdest."
Damit hatte Reiner recht und ich begnügte mich damit, dass alles nicht so schlimm sei und alles wieder gut ist, wenn er mal heiratet. Reiner machte sich wohl seine eigenen Gedanken und akzeptierte die Situation einfach so wie sie war.
Ich versorgte Reiner mit einer Salbe und der Schmerz am Po war bald vergessen. Ein paar Tage später waren sich beide wieder gegenüber gestanden. Krähen, Ohrfeige, weglaufen. Diesmal fiel Reiner aber nicht hin. Er lief, besser gesagt, er flüchtete vorsichtiger.

Der stattliche Theo, Herr des Hofes, verfolgte Reiner und pickte ihn immer wieder in den Po. Ich öffnete wieder die Tür, damit Reiner in Sicherheit war. Theo blieb draußen stehen und bekam zur Besänftigung ein frisches Salatblatt.

Mein Reiner hüpfte von einem Bein aufs andere, hielt sich den Po mit beiden Händen fest und jammerte. Es war so ein Jammern zwischen Lachen und Weinen.

Auf jeden Fall war es ein nervöses Gehampele mit einem sich überschlagenden Redeschwall, schwer verständlich, und begleitet von unablässigem Reiben der Pobacken.

„Ich gebe Theo nie wieder ein Salatblatt."

Ab da spielte sich die gleiche Szene immer wieder so ab. Immer wenn Reiner zu mir und seinem Freund Theo zu Besuch kam. Dann standen sie sich gegenüber – Krähen, Ohrfeige, weglaufen und in den Po picken ...... – ich glaube, dass es ein Spiel zwischen Freunden war und auch, dass es beide brauchten.
Theo hat noch lange gelebt und er vermisste, so glaubte ich jedenfalls, immer häufiger den Besuch von Reiner. Ohne zu krähen stand er oft vor der Küchentür, und bettelte nur um sein separates frisches Salatblatt.
Wenn Reiner dann später doch mal kam und nach Theo schaute, war alles nicht mehr so wie früher. Reiner war nun größer als Theo und der stellte sich auch nicht mehr vor ihm auf und krähte.
Außerdem sagte Reiner, dass der Größere nicht einen Kleineren schlägt. Ein paar kleine Narben hinterließ die Freundschaft zu Theo, dem weißen Macho, allerdings auf Reiners Po. Aber das empfindet Reiner inzwischen als eine schöne Erinnerung.

„Das war`s. Das war Omas Geschichte!"
Nie vorher, aber auch später nicht, erlebte ich, dass während eines Beisammenseins bei einer Trauerfeier so viel gelacht wurde.
Aber nun, am Ende der Beerdigung meiner Großmutter und ihrer Geschichte, trat etwas gespenstische Stille ein. Die Gespräche wurden leiser, der restliche Kuchen verspeist, die Kaffeetassen allmählich geleert und die ersten Gäste verabschiedet.

Meine Tochter Rebecca kam zu mir und fragte: „Kann ich mal deine Brieftasche haben?"

„Natürlich. Ich dachte schon, du wolltest meine kleinen Narben sehen."

„Die kenne ich schon!"

Ich wusste zwar nicht den Grund, weshalb Rebecca meine Brieftasche wollte, aber sie würde ihn mir sicher noch nennen.

Eine Cousine von mir konnte es nicht länger für sich behalten und sprach mich an: „Ich habe deine Narben noch nie gesehen!"

„Bei uns wird gerade eine Sauna eingebaut. Ihr seid herzlich eingeladen."

Rebecca stand neben mir und öffnete eines der Seitenfächer meiner Brieftasche und zog ein ziemlich abgegriffenes und zerknittertes Foto hervor.

Sie reichte es mir.

„Ich wollte es einfach jetzt mal sehen, Papa. Ich wusste, dass du es in der Brieftasche hast."

Das Foto zeigte mich mit meinem Freund Theo, dem weißen Macho, auf dem Hof bei Oma.

„Danke Rebecca – wenn das Foto mal nicht mehr ist, bleibt aber allen die Geschichte von Oma als Erinnerung."

DER KARTOFFELBRUDER
oder : „Bitte einmal kartofel otvarnoi !"

Eine Erzählung von der Kurischen Nehrung und dem Kampf mit der russischen Sprache. Lore, Jogi und Hansi waren den Ereignissen schutzlos ausgeliefert – fast!
Für den einen wird der Besuch eines fremden Landes und das Beherrschen der Sprache von Freude und Stolz begleitet. Für den anderen werden solche Besuche von Missverständnissen und gelegentlichen Überraschungen geprägt.

Richtig schön war es im Restaurant am Meer, geschützt gelegen, hinter gewaltigen Dünen auf der Kurischen Nehrung. Irgendwo in der Nähe von Km 35, an der Strasse von Cranz nach Litauen. Mit dem Fahrrad erreichten wir den Strand von Rossitten in etwa 30 Minuten.
Durch die sonnendurchfluteten Kiefernwälder strich ein Duft wie von einem Gesundheitsbad. Vom gemütlichen Restaurant, am Fuß der Düne, roch es um die Gebäudeecken nach frisch gebratenem Zander. Aber die Gerüche aus der Restaurantküche hatten keine Chance, die betörenden Düfte aus dem Kiefernwald zu überdecken. Und das Gemisch aus Seeduft und Kiefernwald war wie Freiheit atmen.
Von der Restaurantterrasse führte ein Steg aus Holzplanken hoch zum Dünenkamm. Dass am Dünenfuß „Aufgang zum Strand" auf einem Schild geschrieben stand, irritierte etwas.
Ich hätte nur „Zum Strand" akzeptiert, das wär's gewesen. Über den Dünenkamm wehte ein leichter Wind und trug das Rauschen der Ostsee ans Ohr.

Rote Sonnenschirme – mit Werbung für irgendein litauisches Bier in lateinischer Schrift – spendeten Schatten.

Die Lust auf ein kühles Bier wurde allerdings durch die Werbung nicht beeinflusst, diese Lust war permanent vorhanden und musste durch nichts forciert werden.

Einzige Beeinflussung, auf manche Lustgefühle, waren die kyrillischen Schriftzeichen, die auch auf den Kopf gestellt nicht anders aussahen und allenthalben Konfusionen auslösten.

Auf Plakaten, Speisekarten, Hinweisen und anderen Schildern, verhinderten diese Zeichen den Wunsch eine Bestellung abzugeben. Es konnte sich zu einem Abenteuer ausweiten. Sie sind einfach nicht lesbar, wenigstens für die meisten der Besucher aus dem westlichen Ausland. Und was nützt ein Wörterbuch, wenn es keine Lautschrift aufweist.

Wie verhalten sich aber Gäste aus Deutschland, die kein Wort Russisch können, aber dringend etwas bestellen möchten? Abwartend und mit dem Finger auf das Essen am Nachbartisch deutend.

Stimmt nicht ganz, denn einer von uns dreien konnte sich etwas in Russisch verständigen und hatte auch seine 212-seitige Sprachhilfe immer griffbereit. Die Tatsache, dass Jogi die kyrillische Schrift lesen konnte, zeichnete ihn als ungeheuer wertvoll aus. Nicht zu ersetzen, weil Lore und ich ohne ihn sicherlich verhungert und verdurstet wären.

Ich konnte und wollte diese Schrift nicht lesen lernen.

Sie war meiner Meinung nach ein Auslaufmodell und würde sowieso bald ersetzt werden.

Das kommt gleich nach Arabisch, Chinesisch, Japanisch und Indisch, erklärte ich Jogi immer wieder völlig überzeugt.

Lore hatte sich ein paar Idiome angeeignet und fühlte sich schon als Starübersetzerin. Egal wie, sie wusste es immer besser, auch wenn das absehbar in die Katastrophe geführt hätte.

Jogi hatte die Welt nicht mehr verstanden, weil er es wirklich besser wusste, aber eine Diskussion mit Lore vermeiden wollte. Ich nahm das alles eher gelassen und vertraute meinen pantomimischen Erklärungen.

Irgendwann und unausweichlich tauchte plötzlich das Männerthema auf, das sich mit der Rolle der Frau in der Gesellschaft befasste.

Lore wertete es generell als persönlichen Angriff und zeterte los. Lore war zwar eine Frau, die sich aber nicht gern als solche zu erkennen gab. So hatten wir häufig unsinnige Wortgefechte, die stets für Überraschungen sorgten.

Zurück zum Durst und dem leidigen Hunger. Diese beiden Tatsachen waren ebenfalls immer Grund für teils anstrengende und manchmal sinnlose Diskussionen.

Der Durst und das Bierproblem waren schnell behoben, denn das Wörtchen „pivo" lernt jeder schnell. Dass Lore und ich allerdings dunkles Bier bevorzugten, Jogi hingegen helles, führte zu Problemen bei der Bestellung.

Aber spätestens seit dem letzten Urlaub an der Adria, mit schwarzem Wein im Angebot, kannte Jogi das slawische „tschornyj" für schwarz und für das helle Bier musste eben das Wort für weiß, nämlich „belo" herhalten.

Als Eselsbrücke diente Belarus, also Weißrussland. Für die nette junge Bedienung gab es jedenfalls kein Problem, die Bestellung korrekt auszuführen.

Das Problem an jenem heißen Mittag an der Düne war nur, dass Jogi sein Wörterbuch, so für alle Fälle, in seinem Ferienappartement vergessen hatte.

Was den Hunger betraf, konnte man mit „karta" ganz gut in die Startlöcher kommen. Aber da kam wieder das Problem – alles in Russisch, mit den verwirrenden Schriftzeichen. Nun ist das so ein Kreuz, denn die Russen schreiben halt einmal ganz anders als wir. Und dass es auch lesbar ist, wird von Jogi und Lore ständig provozierend vorgeführt. Für mich eine permanente Bedrohung.

„Warum kennen diese Leute keine vernünftige Schrift, so kann doch kein Mensch etwas lesen. Bei Sportveranstaltungen haben sie doch auch ihre Namen in lateinischer Schrift auf den Trikots."

Der Beweis für die Machbarkeit und ein Grund für mich, nicht den geringsten Versuch zu unternehmen, sich der russischen Schriftzeichen anzunehmen.

Jogi verzog ständig sein Gesicht und formte im Geiste schon Gegenargumente. Ließ es aber sein, denn seine Meinung war, gegen mich zu opponieren wäre nur Zeitverschwendung und führe zu nichts.

Lore hingegen gab sich redlich Mühe, auch wenn sie mit ihren Deutungsversuchen regelmäßig im Abseits landete. Das ging schon los beim Gang aufs stille Örtchen. Sie konnte nicht das „M" für männlich und das „Jsch" für weiblich auseinander halten. Sie landete in ihrer Not in einem Raum, den sie so nicht nutzen konnte.

Und der ihr nachfolgende Mann betrachtete sie etwas erstaunt.

Zugegeben – kursiv geschrieben haben beide Zeichen schon eine gewisse Ähnlichkeit miteinander. Und wenn so richtig Druck herrscht, verschwimmen schon mal die Zeichen.

Dann wurde ihr von Jogi einmal erklärt, dass es im Russischen kein „x" gebe, man also „Aleksander" statt „Alexander" schriebe – immerhin habe es zwei Zaren dieses Namens gegeben.

Kurz darauf triumphierte Lore: „Es gibt doch ein „x", da vorn auf dem Schild steht es nämlich!"

Geduldig erklärte Jogi ihr, dass es sich dabei um ein raues und hartes „ch" handele.

Fast unerträglich, die Wissenslücken von Lore und mir so schamlos aufzudecken. Lore und ich waren also mit der Speisekarte auf Jogi angewiesen. Wenigstens lesen, und zwar recht flüssig, konnte der nämlich.

Der tiefere Sinn der interessant aussehenden Buchstabenkombinationen blieb jedoch auch ihm weitgehend verschlossen. Trotzdem versuchte er, in die Tiefen einer russischen Speisekarte einzudringen.

Als er das Wort für „Schaschlik" und dahinter noch das Wort „swinina" entdeckte, war er überglücklich.

„Schaschlik" dürfte wohl international sein und das Wort „swinina" für „Schwein" liege auch auf der Hand. Also frisch bestellt, aber nur ein bedauerndes Kopfschütteln geerntet: „Gibt's heute nicht!"

Diese Aussage war eindeutig, weil klar. Jogi verstand es sofort und ich auch, denn das Wort „Njet" war unüberhörbar.

Immerhin aber gab es noch ein zweites Schaschlik mit einem undefinierbaren Zusatz.

Mit dem Mut der Verzweiflung wurde also das bestellt. Es war auch zu bekommen. Für Lore entdeckte Jogi einen „Salad Zarskij".

Was auch immer dieser Salat für einer sein mochte, es klang verführerisch. Lore war einverstanden. Für mich aber begann es schwierig zu werden. Ich wollte unbedingt Bratkartoffeln.

„Das Wort wirst du dir wohl im Russischen abschminken müssen", erklärte Jogi mir. Zu finden war es auf der Karte jedenfalls nicht.

Dann aber entdeckte Jogi das Wort „Kartofel" – richtig: Kartofel, nur eben mit einem „f". Dass dahinter noch das Wörtchen „otvarnoi" stand, störte nicht weiter.
Irgendeine Zubereitungsart von Kartoffeln musste es wohl sein, Bratkartoffeln werden schließlich auch aus Kartoffeln gemacht.
Und was sollte es sonst sein? Denn die Welt überspannende Bezeichnung „Pommes Frites" gab es auch hier. Bestellt von kleinen russischen Quälgeistern, die alles unter einer Ladung Ketchup begraben, wie überall auf der Welt.
Jogi meinte also, den Vorstellungen der geforderten Bratkartoffeln ziemlich nahe gekommen zu sein. Und damit zeichnete sich die anbahnende Katastrophe schon ab. Die nette Bedienung zuckte merklich, als Jogi seelenruhig „kartofel otvarnoi" für mich bestellte.
Dass die Bedienung weiterhin vor ihm stand und noch auf etwas wartete, fiel ihm zwar auf, machte ihn aber nicht neugierig. Jogi nickte, die Bedienung nickte, steckte etwas verwundert den Block mit Bleistift in die Bauchtasche und ging.

Jogi grinste überlegen, nicht ahnend, in welches Seelenunheil er mich damit stürzte.
Es dauerte und dauerte. Leute, die viel später gekommen waren, zahlten schon ihre Rechnungen. Jogi, Lore und ich hatten auch das zweite Bier schon längst getrunken, als etwas Bewegung in die Sache kam.
Das Schaschlik von Jogi erwies sich als scharf gewürztes, ausgesprochen schmackhaftes Hühnerschaschlik.

Die Portion überstieg seinen Hunger, was sich dann für mich als echter Glücksfall herausstellte, denn ich musste noch immer auf „kartofel otvarnoi" warten.

So konnte ich mit zwei Stückchen Hühnerfleisch wenigstens schon mal den größten Hunger beruhigen.

Ich zog den Genuss der scharf gewürzten Fleischstücke etwas in die Länge, so hatte ich mehr davon, bis endlich meine Bestellung angeliefert würde.

Beim „Salad Zarskij" von Lore handelte es sich um einen gut gewürzten Fleischsalat mit dicker Mayonnaise, sogar noch mit rotem Kaviar verziert. Den mochte Jogi nun wieder nicht und schüttelte sich bei dem Gedanken, Fischeier zu essen.

Dazu fiel ihm dann der passende Witz ein. Als ein Gast Kaviar bestellte und fragte, was das denn überhaupt sei. „Fischeier", sagte der Ober. „Dann bringen sie mir mal zwei", meinte der Gast.

Gelacht hatten weder Lore noch ich, weil der Witz wie eine Wettermeldung erzählt wurde.

Meine Bestellung ließ weiter auf sich warten. Ich begann schon, mir handgreifliche Gesten der Verzweiflung und der Beschwerde auszudenken.

Doch plötzlich kam es zum großen Auftritt der netten Bedienung. Mein Gesicht zog sich lang, länger und immer noch länger, es hörte überhaupt nicht mehr auf, sich in die Länge zu ziehen.

Ich bekam eine flache kleine Silberschale gereicht, in der sich fünf oder sechs halbe gekochte Kartoffeln drängelten.

Ein Hauch von Petersilie darüber gestreut. Sonst nichts. Und das nach der so langen Wartezeit.

„Kochen dauert eben seine Zeit. Und da immer alles frisch zubereitet wird ...“, übersetzte Jogi die Erklärung der netten Bedienung.

Und außerdem wäre es doch sehr ungewöhnlich, dass jemand nur Beilagen bestellen würde.

Lore war erst ganz still vor Verwunderung und brach dann mit Jogi in ein gemeines Gelächter aus. Nun ließ sich auch das anfangs erwähnte Zucken im Gesicht der netten Bedienung erklären. Laut Wörterbuch heißt „kartofel otvarnoi“ tatsächlich nur „gekochte Kartoffeln“. So kam ich zu dem Spitznamen „Kartoffelbruder“, abgeleitet von Bratkartoffel, denn die wollte ich ursprünglich bestellen. Das Wörtchen „Brat“ hat hier nichts mit der Pfanne zu tun, es ist das russische Wort für Bruder.

Auf der Heimreise gab es eine Rast in Polen, an einer sehr schönen und anspruchsvollen Station. Das Gericht, mit dem wohlklingenden, aber nichts sagenden Namen:

POLĘDWICA FASZEROWANA ŚRUTEM Z POLOWANIA OLD SUTHERLAND

brachte große Probleme, weil nicht zu verstehen. Schon gar nicht konnte ich „Old Sutherland“ damit in Verbindung bringen.

Das forderte Jogi einfach heraus und er sang es fast wie den Triumphmarsch: „Na, jetzt hast du endlich wieder deine so heiß geliebte Schrift mit lateinischen Buchstaben. Und – hilft's was?“

DER FRIEDENSWEG
Via della Pace # 403

Das Foto, das mir in die Hände fiel, entstand bei einer Hüttenwanderung in den Alpen. Mit Jochen, und seinem norwegischen Freund Rune, war ich mit 22 kg Gepäck sechs Tage auf teils schmalen Pfaden unterwegs, um dem Himmel ein Stück näher zu sein.

Nun liegt Jochen auf einer Almwiese, ein Holzkreuz hinterm Kopf und dahinter sein Rucksack ..., nicht das, was man jetzt denken könnte – es war nur das Ende eines anstrengenden Tages auf dieser Berg-wanderung.
Einer Wanderung über den so anspruchsvollen Karnischen Höhenweg, dem Via della Pace # 403, genannt der Friedensweg.

„Hast du überhaupt einen richtigen Rucksack?"
Diese Frage meines Freundes Jochen wusste ich nicht so richtig zu beantworten.
„Wie meinst du das, richtigen Rucksack? Gibt es denn auch falsche?"
„Ich meine damit bergtauglich", sagte er mit etwas gekniffenen Augen, die mir verdeutlichten, was für Kenntnisse er in Bezug auf Bergtouren haben musste.
„Ich denke, dafür wird er ausreichen, im Taunus hat er mir schon gute Dienste geleistet.
Ich bin bis zum Feldberg und weiter am Limes entlang bis nach Idstein", sagte ich etwas kleinlaut, wohl wissend, dass da noch eine Menge Fragen zu beantworten waren.
Vor etwa einem Jahr lernte ich Jochen und Rune bei einer Sportveranstaltung kennen, die ich eigentlich nur durch Zufall besuchte.
Beide kannten sich schon viel länger.

Wir kamen ins Gespräch und freundeten uns miteinander an, da wir uns gegenseitig ausgesprochen sympathisch waren. Jochen war Sachgebietsleiter in einem großen Betrieb und Rune, ein Norweger, war in der gleichen Firma Techniker.

Die beiden 10-jährigen Töchter von Jochen und Rune gehörten bei der besagten Sportveranstaltung zu den Akteuren. Sie spielten Rasenhockey, ein Spiel, bei dem sich Erwachsene dauernd gebückt auf einen Holzstab stützen müssen. Ich fand es in höchstem Maße bescheuert, dass bei diesem Sport nicht ein längerer Stock genommen werden durfte und immer in gebückter Haltung über das Spielfeld gerannt werden musste. Meine Terminologie fand bei den Betroffenen wenig Zustimmung.

Jochen war schon seit drei Jahren verwitwet und nicht bereit zu einer neuen Verbindung – oder die Tochter erlaubte es nicht – das wollte ich aber nicht in Erfahrung bringen.
Das Beste seien gute Freunde, und da ich inzwischen auch gemeint war, genoss ich seine Freundschaft und akzeptierte seine Einstellung. Das besondere Merkmal von Rune war, dass er schon betrunken wurde, wenn er nur in der Nähe einer Schnapsflasche stand.
Die ständige Frage von Jochen, wenn auch scherzhaft, ob man Lemminge auch essen kann, nervte Rune, aber er vermisste sie auch – manchmal -, wenn Jochen die Frage nicht stellte. Eigentlich waren die beiden wie Feuer und Wasser. Und ausgerechnet sie verbrachten regelmäßig die erste Septemberwoche in den Bergen, wo man gegenseitig auf sich angewiesen war.
Sechs Tage auf einer festgelegten Wanderroute, von Hütte zu Hütte.

Jochen war in dieser Zweiergruppe der Präsident, Rune der Gefolgsmann, was ihm mehr entgegenkam, da er gern jeder Verantwortung aus dem Wege ging, auch wenn diese nur auf dem Papier, oder nicht mal da, existierte.

Rune war ziemlich wortkarg, so wie man sich eben Nordmänner vorstellt. Wenn er zwei Sätze hintereinander sagte, war das schon wie ein Redeschwall.

Wie dem auch sei, wollten beide, dass ich die nächste Tour mitgehe. Und deshalb die ungeheuer wichtige Frage nach dem „richtigen" Rucksack.

Die Vorbereitungen wurden generalstabsmäßig durchgeführt. Eine Packeis-Expedition wäre einem Vergleich sehr nahe gekommen. Die lächerliche Frage von Jochen, ob ich den Rucksack auch tragen könne, konnte nur dem Kopf eines Sachbearbeiters entspringen.

„Sachgebietsleiter bitte", darauf legte Jochen wert. Ohne in Erfahrung zu bringen, wie das gemeint war, entschied ich einfach, dass er es scherzhaft meinte. Rune hielt sich bei solchen Gesprächen wortlos den Kopf mit beiden Händen fest.

Damit es zu keinen Überraschungen kommt, musste ich zwei Wochen vor Reiseantritt mit den beiden Bergfreunden Trainingsläufe absolvieren. „Nichts ist schlimmer, als wenn einer von uns im Berg konditionell zusammenklappt", meinte Präsident Jochen.

Es war alles erledigt, die Notfälle bedacht, die nötigen Dinge gepackt, und mir nichts, dir nichts, saßen wir bei einem opulenten Frühstück im „Basislager", einer kleinen aber feinen Pension.

Sie befand sich unterhalb des Plöckenpass. Meine Aufgabe als Neuling war die Führung des Routenbuchs.

Ein Bus brachte uns zum Start in die Bergwelt, von der Jochen behauptete, dass der Berg uns gerufen hätte. Das Ziel für den Start war das Plöckenhaus auf dem gleichnamigen Pass.

Dort stand der Chef vorm Haus und prüfte skeptisch unser Schuhwerk, warum nur? Den Vergleich mit den Sandalen des Alten hielten wir lässig aus.

Meine Bemerkung, dass bei uns die Holländer im Winter auch so, mit Sandalen, auf dem Feldberg anzutreffen wären, hatte ihn nicht so richtig interessiert. Der Chef vom Plöckenhaus verstand sie nicht einmal.

Trotzdem amüsierte uns dieser Vorfall und beschäftigte uns dermaßen, dass wir uns gleich zu Beginn am Heldenfriedhof verlaufen hatten. Kurz vorm Sprung über den Kamm nach Italien fängt uns der Junior vom Plöckenhaus ab. Er glaubte, wir seien Schmuggler. Wir hätten uns so verdächtig verhalten.

Das Verhalten hatte aber mehr mit der Suche nach einem Wegzeichen zu tun. Er erklärte uns, nachdem wir seine Befürchtungen zerstreuen konnten, den richtigen Weg.

Es war etwa so ähnlich, wie wenn ein Kapitän bei bewegter See erklärt, wo er die Rückenflosse eines großen Fischs erkannt haben will.

Wir hörten genau zu und glaubten tatsächlich, alles verstanden zu haben. Der Junior gab sich aber auch richtig Mühe.

Es hatte in der Nacht davor das erste Mal geschneit. So stapften wir erst durch Kuhscheiße, dann durchs Schneefeld. War das wirklich der richtige Weg? Zufällig entdeckte Wegzeichen beruhigten uns dann.

Eine verwaschene rötliche Zahl, die 403, lugte zwischen Resten von Schnee und Flechtenwuchs hervor. Die drei hätte auch eine acht sein können, aber dann wären wir etwa 200 Kilometer zu weit westlich gewesen.

Also waren wir auf dem Via della Pace, dem Friedensweg. So stand es wenigstens in unserer Streckenkarte.

Rune suchte am Weg immer nach irgendetwas Geheimnisvollem aus dem Krieg zwischen 1915 – 1918, weil es auf der Wanderkarte vermerkt war. Derweil diskutierten Jochen und ich, warum der Kriegspfad ausgerechnet Friedensweg heißt?

Wir genossen das Gefühl von unendlicher Freiheit in alpenländischer Pracht. Nur für unsere Füße war es recht eng und beklemmend. Das war von unendlicher Freiheit weit entfernt.

Wir mussten einen Abstieg in Kauf nehmen, konträrer Weise zur oberen Bischoff-Alm. Und wie das so geht, hatten wir auf der zu querenden Kuhweide den Weg wieder verloren.

Da wir uns auf rote Zeichen konzentrierten, hat uns dieses Verhalten ein ums andere Mal eine Enttäuschung bereitet. Aus der Entfernung sahen die roten Stellen am Boden nach dem Hinweis mit der roten 403 aus. Mal war es eine zertretene Coladose, mal war es ein vergammelter Pilz, mal die Verpackung einer BIFI-Wurst oder eine Marlboro Zigarettenpackung, die Hinterlassenschaft der Zivilisation.

„Warum schreiben die aber auch die Zahlen auf am Boden liegende Steine, die man zuscheißen oder wegwerfen kann?", fragte Rune etwas genervt.

Aber die Frage war mehr an Herrn Inkognito gerichtet, als an Jochen oder mich.

Unser Via della Pace # 403 wurde, so ganz nebenbei, zum Exkrementenweg. Alle Pfade waren schmal und mit Kuhscheiße gefüllt. Jedenfalls zu Beginn unserer Wanderung. Es war alles so steil, dass auch die Kühe keine Alternative hatten, ins Tal zu kommen.

Bei gelegentlichen Überholvorgängen mussten wir uns mit den Hornträgern einigen, wer auf den 30 cm breiten Schlammpfaden bleiben durfte. Auf der einen Seite steil nach oben, auf der anderen Seite etwas steiler nach unten.

Erstaunlich war, dass die Tiere sich nicht dagegen wehrten, dass wir uns an ihren Hörnern festhielten, um nicht abzurutschen.

Man sagt ja, dass man sich vor Angst in die Hosen scheißt. Hatten die Kühe etwa ähnliche Probleme? Meine Frage an Jochen (solche Fragen entstehen eigentlich nur in nervigen Situationen): „Weshalb haben denn Kühe eigentlich keine Hosen an?", quittierte er mit einem seltsamen Blick und gerunzelter Stirn.

„Solche Fragen verringern die Chance, ein zweites Mal mit auf eine Bergtour zu gehen", meinte Rune.

Weiterhin verzweifelter Abstieg, von der bereits verlassenen oberen Bischoff-Alm, zur unteren Bischoff-Alm. Aber welch ein Glück, denn die Bergbauern hatten ihr Bettzeug und alles Notwendige gerade von der oberen Bischoff-Alm nach hier unten verlegt. Als wenn sie mit uns gerechnet hätten.

Auch sie wurden vom frühen Schneefall nach unten getrieben. Vorsicht ist die Mutter der Bergbauern, oder so ähnlich.

Nach unserer Schneefeld-Samba, zwei vor, eins zurück, habe ich das erste Mal im Leben Socken qualmen sehen. Bei den Bergbauern konnten wir sie dann waschen und trocknen.

Brot, Butter und Milch bringen unsere Lebensgeister wieder zurück.

Nur Jochen fieberte nach Obstler und Bier. Prima Nacht auf Notlager. Auch ohne die unerfüllte Sehnsucht nach Alkohol von Jochen.

Die beiden Jungsennen auf meiner Kammer schliefen erst spät und hatten vorher noch das Thema Euter. Etwas in der Art ging mir auch durch den Kopf. Senn und Sennerin haben getrennt geschlafen, so kam erst gar kein Neid auf.

Zweiter Tag

Die zwei Jungsennen zeigten uns den Weg durch die obere Weide. Irgendwie laufen die schon wie Gämsen, die Direttissima ist bei denen der normale Weg.
Endlich, an Schützengräben vorbei (sehr geheimnisvoll), erreichten wir die Dr. Steinwender-Hütte, das geplante Tagesziel. Gutes Essen bei bedecktem, etwas nebligem Tag. Und endlich der ersehnte Obstler für Jochen.
Gestärkt und zufrieden passierten wir stundenlang „geheimnisvolle" Felslöcher, Gräben und alte Kriegsunterstände.
Rune hatte nun endlich das gefunden, was er so angestrengt suchte. Nachweise für alte Karrenwege, Schützengräben, Geschützstände vor einem fast verschütteten Stollen. Runes Herz schlug höher. Begeisterung beflügelte ihn und seine Phantasie. Seine Euphorie über die Entdeckung machte auch Jochen und mich ganz wuschig. Wir standen atemlos dabei und staunten über Rune.

Dann lag sie da, die Hinterlassenschaft der Kriegshelden, direkt vor unseren Füßen – und uns wurd' ganz frostig ... 'ne Rolle Stacheldraht, ganz rostig. Rune verhielt sich so, wie wenn einer eine Niete gezogen hätte.

Beim nächsten Mal kommt der Gewinn.

Wieder verlieren wir wahnsinnig an Höhe und gelangen zur Straniger Alm. Zehn Minuten vor dem Ziel überfällt uns ein Wolkenbruch. Auf der Alm trocknete Jochen sein Hemd am Tisch, ein beweglicher Gasofen stand auf der Eckbank. Skat und Essen bei Kerzenlicht.

Nur ein Raum hat Elektroanschluss, und den bevölkern Hirten mit wilden Gesängen. Das Westerwald-Lied, und das nicht klein zu kriegende Polenmädchen, verwöhnten unsere Ohren. Dabei drängen sich mir wieder Gedanken durch den Kopf, die ich bedauere und schnell verjage.

Unser Nachtlager hat mehr Betten als nötig, dafür fehlt ein Waschbecken. Wir müssen für die Katzenwäsche nach unten ins WC und bei Kerzenlicht das Gebiss finden.

Jochen beklagte vor der Nachtruhe wiederholt (wir bezeichneten das als sinnloses Meckern), dass wir entsetzlich an Höhe verloren hätten.

Im Berg hören wir von ihm dann immer, wenn ein Wegzeichen den Weg bergab wies: „Was verlier'n wir wieder an Höhe! Wir kürzen ab!"

Wenn man aber weiß, dass solche Abkürzungen bisher stets zusätzliche Zeit kosteten, ist verständlich, dass wir Jochen dann in Gespräche verwickelten, die mit der nächsten Hütte und Obstler zu tun hatten, um ihn abzulenken.

Dritter Tag

Nach dem tollen Frühstück auf der Straniger Alm, Jochen trank sogar Milch (für ihn eine Überwindung), begannen wir bei strahlender Sonne den Anstieg zum Nassfeld.

„Rune, hast du gesehen, mit welcher Miene Jochen die Milch getrunken hat?"

„Klar, aber er sagte mir, er hätte sich Obstlergeschmack vorgestellt. Das würde es erträglicher machen!"

Gegen Mittag an einem Hang, in eigenartiger Körperhaltung, das rechte Bein zum Berg, das linke talwärts, wechselte Jochen ein paar Worte mit Kollegen. Obwohl Rune in der gleichen Firma beschäftigt ist, kannte er sie nicht.

„Da geht man auf eine Wanderung in die einsame Bergwelt und trifft Kollegen, die einem wochenlang auf dem Weg zur Kantine nicht begegnen oder die man einfach übersieht", beschwerte sich Jochen anschließend.

„Hoffentlich verschont uns bis zum Ende der Tour ein ähnliches Zusammentreffen", meinte Rune.

Neuerlicher Verlust an Höhe - ekelhaft. Jochen giftet. Zum Nassfeld geht es dann, wie auf einer Berg- und Talbahn, auf und ab. Wir sind die einzigen Gäste in der „Hütte", die sich als 3 Sterne-Hotel entpuppt. Gelobt sei die Einfachheit des einsamen Bergwanderers. Aber letztendlich waren die Dusche und das Bett traumhaft, genau richtig für unsere müden und ausgelaugten Gliedmaßen. Skat und gutes Essen lassen die Anstrengungen des Tages vergessen.

An unserem Nebentisch nahmen zwei Damen aus Wien Platz. Das Endziel der beiden ist weiter als das unsere. Die eine ist Kettenraucherin, die andere hustet bereits beim Anblick einer Zigarette. Ich fragte mich, wie die sich bloß arrangieren.

Staunend entdeckte ich Parallelen zu Rune und Jochen. Rune sagte, dass er auch Macken hätte, die seine Frau aus Liebe erträgt. Jochen schüttelte über die beiden Wienerinnen den Kopf und sagte leise:

„Mannweiber – sogar die Tagesstrecken sind länger als unsere. Und irgendwie scheinen die auch keine Höhe zu verlieren."

Die beiden ließen uns nachdenken. Trotz der quälenden Gedanken hatten wir eine geruhsame Nacht.

Vierter Tag

Für 7.00 Uhr hatten wir das Frühstück vorgesehen, aber unsere Bedienung ließ sich erst eine halbe Stunde später blicken.

„Zeitverlust ist wie Höhenverlust", erklärte Jochen erbost der Bedienung und begann mit ihr eine Diskussion, weil sie so spät kam. Danach nahmen wir uns Zeit, unser Tagesziel, mit der Karte auf dem Tisch, zu besprechen. Die Poludniger Alm.

„Aber dorthin müssen sie erst mal einen kurzen Abstieg in Kauf nehmen, und dann den Lift nach oben, mein Herr", mischte sich die Bedienung ein.

„Abstieg, wie schrecklich – zusätzlicher Höhenverlust!"

Jochen war endgültig bedient, und sein Gesicht sprach Bände. Der Tag war für ihn fast gelaufen, schlimmer konnte er nicht beginnen. Für die junge Dame ein innerer Vorbeimarsch. Für Rune und mich ein Grund zu heimlicher Freude.

Oben, am Lifthäuschen angekommen, blies uns der Wind ins Gesicht. Wir mussten alle drei die Almwiese als Toilette benutzen. Ob es daran lag, weil wir so ungewohnt schnell in die Höhe gelangten? Der Durchfall muss uns auch etwas den Blick getrübt haben, denn wir hatten Mühe, den Weg und die Markierungen zu finden – Grenzsteine und andere bemalte Kunstwerke.

134

Unser Weg zum Poludnig führte direkt auf einem Grat entlang, in kleinen Wellen auf und ab.

Zwischen den Füßen ging es international zu –
den Blick dabei immer auf den Gipfel gerichtet, erreichten wir den Poludnig mit dem rechten Bein auf italienischem, mit dem linken auf österreichischem Gebiet.

Ausgelaugt auf dem Gipfel angekommen, laufen wir auf einem wabbeligen Belag aus getrockneter Schafscheiße, die im Laufe der Zeit eine beachtliche Dicke erreichte. Die Füße erinnern sich an dicke Badvorleger und wir träumen davon.

Das Gedränge um das Gipfelbuch war enorm. Ich hatte Schwierigkeiten, den Stummel von Bleistift überhaupt beim Schreiben festzuhalten. Stumpf war er auch noch. Wenn ich aber mit dem Messer ..., das hätte er nicht mehr überlebt.

Ausgeruht setzten wir unsere Berg- und Taltour fort. Nach einer Weile nur noch als Taltour!

Irrer Abstieg zur Poludniger Alm, fast die Falllinie. Zur Überraschung keine Übernachtung möglich, aber Obstler und Bier satt – Jochen jubelt, trotz Höhenverlust. Der weitere Weg zur Dellacher Alm war mit Abstieg und bösartigem Höhenverlust verbunden.

„Nicht schon wieder", die einzige Bemerkung von Jochen. Er wird zwischen Euphorie und Enttäuschung hin- und her gerissen.

Auf der Dellacher Alm erwartete uns ein prima Häuschen und tolles Essen. Alle Getränke, die das Herz begehrt.

Mit Petroleum-Leuchten haben wir den Weg vom Gasthof zum Nachtlager ausgeleuchtet. Vorm Schlafen haben wir bei einem „Absacker" noch den Weg für den nächsten Tag besprochen.

Gut, dass wir getrennte Zimmer hatten – denn das Essen mit den vielen Zwiebeln machte uns allen so einige Probleme im Verdauungstrakt.

Wir sind vor Müdigkeit in unsere Betten gefallen.

Keiner dachte daran, nachzusehen, wo sich in dem Haus die Toilette befindet. Das sollte sich zumindest für einen von uns als Nachteil erweisen. In Panik stolperte Jochen nachts mit der Taschenlampe durch die Räume und suchte die Toilette. In letzter Sekunde eilte er nach draußen. Und was sah er auf dem Balkon, hinten in der äußersten Ecke? Eine Tür mit einem Herzchen drin. Genau angrenzend an Runes Schlafraum.

Am nächsten Morgen, als wir wieder mit dem vollen Gepäck auf dem Weg zum Frühstück waren, sagte Rune nur so nebenbei: „Ich dachte, die kleinen Almhütten hätten eine Topisolierung wegen der Winterkälte, aber so dicke Wände haben sie dann doch nicht.

Neben meinem Zimmer hat heute Nacht jemand Dum-Dum-Geschosse ausprobiert!"

Jochen sagte erst nichts, aber dann: „Das habe ich auch gehört."

Fünfter Tag

Bei strahlendem Sonnenschein begannen wir den Aufstieg zur Starhand-Hütte. Die kurze Rast auf der Hütte entwickelte sich zu einer besonderen Angelegenheit. Die redeeifrige und etwas burschikose Wirtin (das harte Bergleben prägt), quasselte uns Fransen an die Ohren. Leider haben weder ich noch die anderen alles verstanden, aber wir hörten gespannt zu.

Bei unserer Rast blieben wir aber nicht allein. Ein älterer Professor mit Frau und Pudel kam in die Gaststube, was uns von der Wirtin befreite.

Freudig wurden die älteren Gäste von der Wirtin empfangen: „Aufs Herzlichste willkommen, Herr Professor!"

Etwas abgekämpft sehen wir durch das Fenster, dass unterhalb der Starhand-Hütte ein Fahrweg endet und versteckt ein Parkplatz liegt. Wohl für einige bergbegeisterte Menschen und ihre fußlahmen Hündchen angelegt.

Diese Wirtin bringt uns mehrsprachig durcheinander. Schlapp sitzen wir in der Eckbank und müssen uns vom Pudel ankläffen lassen. Zum Zurückbellen fehlt uns die Kraft. Rune und ich trinken Milch von glücklichen Kühen, was sich spontan auf uns überträgt. Wir gerieten in gute Laune.

Jochen wollte seinen Magen nicht vergiften und blieb bei Obstler und Bier.

Der weitere Weg führte über Feistritzer und Achomitzer (bei Superwetter), bis zur Göriacher Alm. Wenigstens auf der Karte. Und am Tisch hatten wir den Weg wunderbar bewältigt.

Da wir aber trotz aller Bemühungen nicht den in der Karte angegebenen Weg gefunden hatten, gingen wir zu einer kleinen Sennhütte, vor der eine alte Bergbäuerin ihre Blechtöpfe reinigte, und fragten nach dem Weg.

Die Bäuerin erklärte freundlich:

„Ihr müsst dort oben rauf gehen, über die Wiese, und euch rechts halten. An den Grenzsteinen bis zur Fahrstraße gehen und ca. 500 m auf der Fahrstraße bleiben.

Dann kommt links ein kleiner Stieg, wo am Anfang mehrere Steine aufeinander gestellt sind, weil die Markierung fehlt. Ab da sind's dann noch etwa 1½ Stunden zu gehen!"

Allein die Sprache, so eine Art „Drei-Schluchten-Dialekt", war schon schwer genug zu verstehen, aber drei Unterbrechungen und Nachfragen, brachten uns dann doch etwas weiter.

Als wir schon auf dem Weitermarsch waren, sagte ich zu Rune, als Wiederholung des Gehörten, denn ich konnte mir vorstellen, dass er als Norweger völlig auf dem Schlauch stand.

„Wir müssen dort rauf gehen, rechts über die Wiese. Über die Grenzsteine bis zur 500 m langen Straße, dann kommt links ein Stieg, wo einige Steine aufeinander stehen, als Markierung. Dann sind es noch knapp 2 Stunden Weg!"

Jochen, der bereits ungeduldig voraus gelaufen war, fragte bei Rune nach, was die Sennerin gesagt hätte. Da waren wir bereits auf dem Anstieg.

Rune sagte zu Jochen: *„Wenn wir hier auf der Wiese stehen, sehen wir Grenzsteine an der 500 m langen Fahrstraße. Am Anfang ist ein kleiner Stieg, wo wir mehrere aufeinander liegende Steine sehen werden. Dann noch etwa 1½ Stunden an der Markierung entlang!"*

Aus etwas Abstand registrierte ich, dass es gar nicht so einfach ist, etwas zu erklären, wenn man es selbst nicht so richtig verstanden hat.

Rune machte es trotzdem ganz hervorragend. Ich wollte ihn nicht verbessern, außerdem war ich inzwischen vor den beiden und sie folgten mir.

Nach längeren Diskussionen und seitlichem Verschlagen in die Büsche der wunderbaren Bergwelt, - wir suchten ja stets nach Abkürzungen - haben wir den Weg verloren!

Etwa eine Stunde war da vorbei. Und plötzlich wusste Jochen genau, was die Sennerin uns gesagt hatte, obwohl er gar nicht dabei war.

Jochen erklärte Rune und mir:
„Zuerst sage ich euch mal, dass die Frau überhaupt keine Ahnung hatte, wo hier ein Weg verläuft.

Die ist vielleicht mal vor 20 Jahren dort gelaufen. Die weiß nicht mal in welcher Richtung Italien liegt. Sie sagte euch folgendes - wahrscheinlich!
Also da oben sind auf der rechten Wiese Grenzsteine, die nach 500 m an der Straße enden.
Und da sind wir jetzt ..., nach fast einer Stunde. Seht ihr Grenzsteine? Ich habe aber jetzt welche im Schuh und mache Pause."

Rune hatte inzwischen den von Jochen vorge-schlagenen Weg versucht zu gehen und endete in knöcheltiefem Morast. Der Rucksack ist fast nass geworden. Ich hielt mich, als Neuling im Berg, aus der Angelegenheit das erste Mal heraus und wartete ab.
Jochen weiter: *„Die Sennerin erklärte euch wohl, wir sollen am kleinen Stieg die Steine aufeinander stellen. Die fallen nämlich immer wieder um. Aber links! Nach ca. 1½ Stunden finden wir dann wieder die Markierung!"*

Trotz aller Widrigkeiten und Diskussionen haben wir den Weg schließlich gefunden. Sonnenstand und Kompass, aber auch ein bisschen Glück, halfen uns enorm.
Baumaßnahmen im Wald haben uns dann aber alle Hoffnung genommen. Neue Skipisten wurden in den Wald geschlagen. Und irgendwo in den fast 100 Meter breiten Schneisen waren unsere Wegmarkierungen verschütt' gegangen.
Bau- und Waldarbeiter halfen uns weiter, so gut es ging.
Wir mussten erst nach oben steigen und dann die Senkrechte auf italienischem Gebiet nach unten gehen, um schließlich auf die Göriacher Alm zu gelangen. Und da waren die beiden Frauen aus Wien wieder bei uns, sie hatten den Weg ebenfalls irgendwo verloren.

Die Achomitzer Alm müssen wir alle verpasst oder überlaufen haben. Dafür liefen wir aber gemeinsam hungrig auf der Göriacher Alm ein. Alm? Zu sehen war nur eine Art Unterschlupf für eine Bergwacht.

Vor dieser Behausung erwarteten uns eine alte Oma und ein Senn (auch nicht viel jünger). Die saßen auf ihren Koffern, da sie ins Tal geholt werden sollten.

Unsere Enttäuschung war ziemlich groß, da wir bereits ahnten, was auf uns zukommen würde. Rune und ich blickten gequält lächelnd zu Jochen, der ungehalten die Wanderkarte im Stakkato auf seine linke Handfläche schlug.

Keine Übernachtung möglich, und das nach diesem Tag! Das letzte Bier des alten Senn war dann unseres. Abstieg nach Thörl und 900 Meter Höhenverlust, für Jochen kaum auszuhalten.

Es ging so steil bergab, dass wir den ganzen Weg im Laufschritt machen mussten.

Unsere Knie dankten es uns nicht. Am Schluss sind wir bis Thörl gelaufen. Der Tag war so ziemlich 12 Stunden lang und es wurde langsam dunkel. Natürlich hatten wir einige Abkürzungen zu bewältigen.

Ein tolles Nachtlager in Thörl entschädigte für die Mühsal. Das Hotel, mit Bad und Pipapo, hervorragendem Essen und kühlem Bier, brachten unsere Lebensgeister zurück. Super geschlafen bis zum Morgen ..., fast.

Dann weckte uns nachts um 4.00 Uhr ein Wolkenbruch, der mit einer solchen Wucht gegen die Fensterläden schlug, dass man sich fürchten konnte. Jochen stand fassungslos am Balkonfenster und beschwörte die Götter. Reise beendet? Besser gesagt: Wanderung? Weit gefehlt!

Am Morgen sonnig, blauer Himmel und warm. Wie ist denn so was möglich?

Nach gutem Frühstück ging's los zum letzten Abschnitt, zum Dreiländerhaus. Die beiden Frauen aus Wien waren schon weg, tierisch.

Hatten die denn überhaupt gefrühstückt? Durch die malerischen Straßenzüge von Thörl, immer den Blick auf das Ziel ganz weit oben gerichtet, gingen wir an einem alten Pärchen vorbei, die bereits ganz früh Pilze gesammelt haben und sich auf einer Bank ausruhten.

Die Antwort auf ihre Frage, wo wir so bepackt herkommen, entlockt ihnen: „Oh Gott, mit dem ganzen Gepäck?"

Irgendwie konnte ich die beiden verstehen, nachdem ich meinen Rücken still befragte.

Der letzte Tag unserer Bergwanderung hatte es in sich. Einige Male hatte es ausgesehen, als seien wir kurz vor dem Ziel, die Realität holte uns aber jedes Mal rasch wieder ein. Wer sagt eigentlich, dass es nur in der Wüste eine Fata Morgana gibt?

Dann endlich ...! Obstler und Bier in Sicht – natürlich auch Milch. Nach einer Weile kamen auch die beiden Frauen. Schließlich waren wir doch noch vor ihnen an unserem Tourenziel; wir hatten gesiegt. Später aufgebrochen und eher angekommen, welch erhebendes Gefühl zum Abschluss.

In Feierstimmung hatten wir uns beinahe noch alles versaut, denn wir erwischten den letzten Liftsessel nach unten, nach Arnoldstein. Eine Minute vor Transportschluss, das war ganz schön knapp!

Der Weg vom Lift zum Bahnhof war nicht so weit. Dann hielten wir die erste Tageszeitung nach sechs Tagen in den Händen. Die letzten BIFIS und Notrationen machten zum kühlen Bier die Runde.

Die Fahrt mit dem Zug zum Basislager dauerte etwa 45 Minuten. Wohlbehalten und ohne Blessuren, konnten wir uns telefonisch zu Hause zurückmelden.

Das einzige Telefon in der kleinen Pension hatte einen heißen Hörer bekommen.

Plötzlich rauschte Jochen an mir vorbei: „Rate mal, was es gleich gibt!"

„Obstler, Bier, Knödel und Gulasch ...!"

„Woher weißt du?"

Die mehrtägige Suche über Berg und Tal, nach diesem wunderbaren Restaurant, hatte sich für ihn gelohnt. Jochen hatte immer ein Ziel vor Augen, was man unbedingt braucht, um Strapazen zu überwinden.

Eine Wiederholung dieser Art von Dreisamkeit, in der Einsamkeit der Bergwelt, war in unseren Köpfen schon längst entschieden.

Die südliche Venediger Gruppe, eine Gipfeltour über dem Virgental. Ich bin gespannt, ob mein Rucksack auch diese Tour bestehen wird.

Die Frage, ob ich überhaupt einen richtigen Rucksack hätte, und diesen auch tragen könne, stellte man mir jedenfalls nicht mehr.

Firlefanz (*Jochen*)

   Mumpitz *(Rune)*

      Pillepalle (*der Erzähler*)